हिन्द पॉकेट बुक्स

महापुरुषों का बचपन

तेजपाल सिंह धामा हिन्दी साहित्यकार एवं सामाजिक कार्यकर्ता हैं। *हमारी विरासत* (शोध-ग्रंथ) इनकी प्रसिद्ध रचना है। इन्होंने हैदराबाद से प्रकाशित *दैनिक स्वतंत्र वार्ता* एवं दिल्ली से प्रकाशित *दैनिक विराट वैभव* एवं *दैनिक वीर अर्जुन* के संपादक विभागों में दशकों तक कार्य किया। उत्तर प्रदेश के बागपत जिले के खेकड़ा शहर में जन्मे तेजपाल सिंह धामा मुख्यतः इतिहास पर लिखने वाले साहित्यकार हैं, जिनकी इतिहास से सम्बन्धित अनेक पुस्तकें छप चुकी हैं। इन्हें अनेक साहित्यिक एवं सामाजिक पुरस्कार प्राप्त हो चुके हैं। शहीदों पर लिखने के कारण इन्हें 2017 में संस्कृति मंत्रालय भारत सरकार ने 'संस्कृति मनीषी' पुरस्कार से सम्मानित किया है। इनके बहुचर्चित उपन्यास *अग्नि की लपटें* पर ही भंसाली प्रोडक्शन की विवादास्पद फिल्म *पद्मावत* का निर्माण हुआ है। इन्होंने कई फिल्मों की पटकथाएँ भी लिखी हैं।

लेखक की अन्य पुस्तकें

- हमारे राष्ट्रीय खेल
- हमारा राष्ट्रीय पुष्प कमल
- हमारा राष्ट्रीय पक्षी मोर
- हमारा राष्ट्रीय गीत
- हमारी राष्ट्रीय संस्कृति वैदिक
- हमारा राष्ट्रीय फल आम
- हमारा राष्ट्रीय चिह्न अशोक चक्र
- हमारा राष्ट्रीय वृक्ष बरगद
- हमारी राष्ट्रीय जलचर डॉल्फिन
- हमारी राष्ट्रीय नदी गंगा
- हमारा राष्ट्रीय ग्रंथ गीता
- हमारे राष्ट्रीय पर्व और दिवस
- हमारे राष्ट्रीय स्मारक
- हमारा राष्ट्रीय ध्वज तिरंगा
- हमारे राष्ट्रीय विरासत स्थल
- हमारी राजभाषा हिन्दी
- हमारे नेशनल पार्क
- लोकप्रिय बाल गीत
- हमारे देशभक्ति गीत
- हमारे राष्ट्रीय गीत
- शहीदों के अमर गीत
- महाभारत की कहानियाँ
- पुराणों की कहानियाँ
- रामायण की कहानियाँ
- बेताल पचीसी, दो भागों में
- महाराणा प्रताप
- बहादुर बेटी मलाला

सुरुचिपूर्ण एवं प्रेरणादायक सचित्र जीवनियाँ

महापुरुषों का बचपन

तेजपाल सिंह धामा

हिन्द पॉकेट बुक्स
पेंगुइन रैंडम हाउस इम्प्रिंट

हिन्द पॉकेट बुक्स

यूएसए | कनाडा | यूके | आयरलैंड | ऑस्ट्रेलिया | सिंगापुर
न्यू ज़ीलैंड | भारत | दक्षिण अफ्रीका | चीन

हिन्द पॉकेट बुक्स, पेंगुइन रैंडम हाउस ग्रुप ऑफ़ कम्पनीज़ का हिस्सा है,
जिसका पता global.penguinrandomhouse.com पर मिलेगा

पेंगुइन रैंडम हाउस इंडिया प्रा. लि.,
चौथी मंजिल, कैपिटल टावर -1, एम जी रोड,
गुड़गांव 122 002, हरियाणा, भारत

पेंगुइन
रैंडम हाउस
इंडिया

प्रथम हिन्दी संस्करण हिन्द पॉकेट बुक्स द्वारा 2014 में प्रकाशित
यह हिन्दी संस्करण हिन्द पॉकेट बुक्स में पेंगुइन रैंडम हाउस द्वारा 2022 में प्रकाशित

10 9 8 7 6 5 4 3 2

ISBN 9789353491208

मुद्रकः रेप्रो इंडिया लिमिटेड

www.penguin.co.in

FSC www.fsc.org MIX Paper from responsible sources FSC® C047271

This is a legitimate digitally printed version of the book and therefore might not
have certain extra finishing on the cover.

अनुक्रम

मनुष्य उतना ही महान होगा, जितना वह अपनी आत्मा में सत्य, त्याग, दया, प्रेम और शक्ति का विकास करेगा।

स्वेट मार्डेन

अभी तक ऐसा कोई व्यक्ति वास्तव में महान नहीं हुआ, जो साथ ही गुणवान न रहा हो।

कालिदास

कुछ जन्म से ही महान होते हैं, कुछ महानता प्राप्त करते हैं और कुछ लोगों पर महानता लाद दी जाती है।

शेक्सपियर

मनुष्य ठीक उसी मात्रा में महान बनता है, जिस मात्रा में वह मानव कल्याण के लिए श्रम करता है।

सुकरात

महान पुरुष अवसर की कमी की शिकायत नहीं करते।

इमर्सन

महान लोग महान उदारता के कार्य करने में सक्षम होते हैं।

सर्वेंटिस

‘बचपन में परिवार से जो संस्कार मिलते हैं, उन्हीं के बल पर जीवन में आगे बढ़ते हुए आप दुष्ट लोगों को पीछे धकेलते हुए धरती चटा सकते हैं।’

रानी किरणमयी

प्राक्कथन

हमारा भारत ऋषि-मुनियों का देश है, इसलिए इसकी संतानों में ऋषियों -मुनियों का रक्त ही दौड़ रहा है, यही कारण है कि आजकल भारतीय हर क्षेत्र में चहुंमुखी विकास कर रहे हैं। समय-समय पर भारत देश के उत्थान और नवनिर्माण से लेकर इसके चहुंमुखी विकास में देश के असंख्य लोगों का योगदान रहा है, जिनके प्रति हर भारतीय नतमस्तक है। कहते हैं कि पूत के पांव पालने में ही दिखाई दे जाते हैं अर्थात् महान लोगों के लक्षण बचपन में ही पहचान लिए जाते हैं। इस पुस्तक में कुछ ऐसे ही महान लोगों के बचपन की रोमांचक एवं प्रेरक घटनाओं को उकेरा गया है। ये महापुरुष काल एवं समय-सीमा से परे हैं, क्योंकि इनकी प्रेरणा तो लोगों को युगों-युगों तक देती रहेगी।

इस पुस्तक की सबसे बड़ी विशेषता यह है कि इसमें इन महापुरुषों के बचपन की घटनाएं गहन अनुसंधान के बाद लिखी गई हैं। सही मायनों में यह पुस्तक सबसे अलग हटकर और बेहद उपयोगी बनाई गई है, ताकि आने वाली पीढ़ी महान लोगों के बचपन को जानकर स्वयं अपनी संतानों को जीनियस बना सके और बालक एवं किशोर इसे पढ़कर प्रेरणा के पथिक बन सकें। इसी आशा और विश्वास के साथ।

तेजपाल सिंह धामा

महान पुरुष की पहली पहचान उनकी
विनम्रता है। भरे बादल और फल लगे वृक्ष
नीचे झुकते हैं, सज्जन ज्ञान और धन
पाकर विनम्र बनते हैं।

प्रेमचन्द

महान राष्ट्र निर्माता

आचार्य चाणक्य

एक बालक अपने पिता का अंतिम संस्कार करके आया ही था कि उसकी विलाप करती मां ने पूछा, "पिता के अंतिम संस्कार का कर्मकाण्ड कुशलतापूर्वक सम्पन्न हो गया पुत्र?"

"जी माताश्री। लेकिन तू मत रो मां, पिताश्री नहीं रहे तो क्या हुआ, मैं तो हूं न, तुम्हें जीवनभर तनिक भी कष्ट नहीं होने दूंगा।"

"पुत्र तुम्हारे पिताश्री का वियोग मेरे रोने का कारण नहीं है।"

"तो फिर रोने का दूसरा क्या कारण है?"

"प्रिय पुत्र! तुम्हारे भाग्य में छत्र धारण करना लिखा है।"

"माताश्री! तुम्हारे लिए तो यह हर्ष की बात होनी चाहिए।"

"बेटा! यह बात हर्ष की नहीं, मेरे लिए तो दुर्भाग्यपूर्ण है।"

"क्यों?"

"राज्याधिकार पाकर लोग अपने सगे-संबंधियों तक की उपेक्षा करने लगते हैं, मेरे पुत्र क्या तुम भी राजा होते ही मुझे व मेरे प्रेम को भूल जाओगे? यदि ऐसा हुआ तो मुझे बड़ी परेशानी का सामना करना पड़ेगा, इसी संभावना से मैं रो रही हूं।"

"मां तुमने कैसे जान लिया कि मेरे भाग्य में राजा होना लिखा है?"

"बेटा! तुम्हारे सामने के दोनों दांतों से पता चलता है कि तुम राज वैभव का भोग करोगे। सामुद्रिक शास्त्र के अनुसार ऐसे दांतोंवाला मनुष्य राजा होता है।"

और फिर!

उस बालक ने पास पड़ा हुआ एक पत्थर उठाया। उसने अपने दोनों दांत तोड़कर दूर फेंक दिए, फिर मां से कहा, "लो मां, अब तो तुम्हारी चिंता का अंत हुआ, मैं कभी राजश्री का उपभोग नहीं करूंगा।"

पुत्र का अद्‌भुत साहस देखकर मां आश्चर्यचकित हो गई और फिर अपने आंचल से उसका रक्त पोंछते हुए बोली, "चाणक्य! तूने यह क्या किया?"

बालक ने सहज भाव से कहा, "मां तुम्हारी ममता के आगे मैं संसार की

बड़ी-से-बड़ी वस्तु को भी तुच्छ मानता हूं, मेरी दृष्टि में आपके चरणों का आसरा इन दांतों और राज्य से कहीं अधिक मूल्यवान है। सच्चा स्वर्ग आपके चरणों में ही है।"

माताश्री ने प्रेम से गद्गद होकर अपने पुत्र को गले से लगा लिया। उस दिन से उस बालक का नाम 'खण्डदंत' के नाम से प्रसिद्ध हो गया। यह बालक और कोई नहीं चाणक्य था, जिसने कभी अखंड भारत का निर्माण किया था और दुष्ट शासकों को सिंहासन से उतारकर चंद्रगुप्त को भारत सम्राट बनाया और सिकंदर के उत्तराधिकारियों को भारत भूमि से न केवल भगाया, वरन सेल्यूकस की बेटी से चंद्रगुप्त का विवाह करके दहेज में उनसे एक बड़ा भूभाग भी प्राप्त किया और भारत की सीमा का विस्तार किया।

कुछ दिन बाद की बात है। इसी बालक चाणक्य की मां एक बार फिर अचानक ही रोने लगी थी।

"मां तू आज फिर रोने लगी।" चाणक्य ने पूछ ही लिया था।

"नहीं बेटे! मैं तो यूं ही।"

"बिना कारण कोई यूं ही रोता है क्या?"

"बेटे! आज मैं अपने भाग्य पर नहीं भारत के भाग्य पर रो रही हूं।"

"भारत के भाग्य पर?"

"हां! भारत के भाग्य पर। आज मैंने गंगा नदी के तट पर भारत के दुर्भाग्य को देखा है।"

"भारत का दुर्भाग्य?"

"हां! भारत का दुर्भाग्य! एक स्त्री अपने मृत पुत्र को लेकर नदी तट पर आई। शव कफन विहीन था, लेकिन उस स्त्री ने अपनी आधी साड़ी फाड़कर उसके कफन में अपने पुत्र को लपेटा और फिर गंगाजी में बहा दिया।"

"मुर्दे को कफन तो मिल गया ना मां।"

"कफन तो मिल गया, लेकिन...।"

"लेकिन क्या?"

"अपने पुत्र को नदी में विसर्जित कर देने के बाद वह औरत भी नदी में कूद पड़ी।"

"ओह! तो उसने आत्महत्या कर ली।"

"नहीं।"

"तो किसी ने उसे बचा लिया।"

"नहीं रे!"

"तो फिर वह औरत अंतिम संस्कार के बाद गंगा स्नान करने लगी होगी।"

"नहीं! ऐसा भी कुछ नहीं था।"

"तो फिर वह औरत नदी में कूदी क्यों थी?"

"नदी में बहते हुए मृत शरीर से वह औरत कफन पुनः उतार लायी, जब मैंने ऐसा करने का कारण पूछा तो उसने बताया कि साड़ी को सीलकर वह दोबारा पहनेगी, क्योंकि उसके पास एक ही साड़ी है। अब भारत इतना ग़रीब हो गया है कि मासूम बच्चों की मृत देह को दो अंगुल कफन भी नसीब नहीं।"

"भारत की ग़रीबी का क्या कारण है माताश्री?"

"पुत्र! अपने निजी स्वार्थ के लिए सैकड़ों राजाओं ने आज भारत को

छोटे-छोटे टुकड़ों में बांट लिया है, इसी दुर्बलता का लाभ उठाकर कोई भी विदेशी आता है और देश का धन लूटकर अपने वतन में ले जाता है।"

"एक बात बताऊं माताश्री?"

"बताओ।"

"मैंने अखण्ड भारत का निर्माण करने की प्रतिज्ञा कर ली है।"

"क्या? लेकिन तू तो राजा न बनने की शपथ ले चुका है।"

"लेकिन भगवान परशुराम और भीष्म बनने की प्रतिज्ञा तो नहीं की थी ना।"

"मेरा आशीर्वाद तुम्हारे साथ है, लेकिन...।"

"लेकिन क्या?"

"तुमने इसके लिए क्या भावी योजना बनाई है?"

"धत्त तेरे की! बालक भी कोई योजना बनाते हैं, बड़ा होकर तो योजना बनाऊंगा।"

"विशाल भवन बनाने के लिए नींव की ईंट भी तो रखनी पड़ती है न।"

"हां! यह तो मैंने सोचा ही नहीं, तुम ही कुछ सोचो ना मां।"

"मैंने सोच लिया पुत्र।"

"क्या?"

"मैं तुम्हें शिक्षा के लिए तक्षशिला भेज रही हूं।"

"लेकिन यहां तेरी सेवा कौन करेगा?"

"मेरा क्या है रे! आज मरी कल दूसरा दिन, लेकिन तेरे सामने तो पूरा जीवन पड़ा है, फिर तुझे तो हज़ारों टुकड़ों में कटे पड़े उस मृत भारत को सीकर इसमें नई जान डालनी है, एक नए युग की शुरुआत करनी है। क्या तू चाहता है कि मैं माथे पर कोई कलंक लेकर मरूं?"

"कैसा कलंक मां?"

"यदि मैंने तुझे अपने स्वार्थ के लिए सेवा सुश्रूषा के निमित्त रख लिया, लोग तो यही कहेंगे ना मैंने ही तुझे राष्ट्र उद्धारक बनने से रोक लिया था। जा बेटा तू चला जा। तक्षशिला में तुम्हारे पिताश्री के मित्र आचार्य पुण्डीरकाक्ष राजनीति शास्त्र के अध्यापक हैं, वह तुम्हारी शिक्षा का अवश्य प्रबन्ध कर देंगे।"

"पर माताश्री?"

"अब क्या हुआ रे?"

"सुना है, वहां तो केवल राजकुमारों को ही प्रवेश दिया जाता है।"

"यही तो मैं चाहती हूं, तुम वहां शिक्षा प्राप्त करके कालान्तर में वहीं पर कुलपति बनो और बस राजकुमारों को अपना शिष्य बनाओ, अखण्ड भारत के निर्माण में वे राजकुमार तुम्हारे परम् सहायक सिद्ध होंगे।"

"जो आज्ञा माताश्री! मैं कोई शुभ मुहूर्त देखकर प्रस्थान कर दूंगा।"

"राष्ट्र कल्याण के लिए हर समय शुभ होता है पुत्र! फिर मुहूर्त तो वे देखते हैं, जिन्हें अपनी योजना के असफल होने का भय रहता है।"

"नहीं माताश्री मुझे किसी बात का भय नहीं, भय तो स्वयं मुझसे भय खाता है।"

"लेकिन मुझे तो भय है पुत्र।"

"मेरे रहते आपको किस बात का भय है माताश्री?"

"विदेशी आक्रांताओं का भय!"

"अर्थात्।"

"पिछले कुछ दिनों से देश में व्यापार के नाम पर यवनों का आगमन होना निश्चय ही भय का सूचक है।"

"अर्थात्!"

"ये यवन व्यापारी निश्चय ही यवन राजाओं के गुप्तचर हैं। जो यहां की थाह लेने आए हैं, ताकि विदेशी आक्रांता योजनागत विधि से भारत को पराधीन कर सकें।"

"नहीं हम आर्यों को कोई पराधीन नहीं बना सकता।" चाणक्य की आंखें लाल हो गई थीं और फिर मां के चरण स्पर्श कर शिक्षा प्राप्ति के लिए चल पड़ा था।

महान राष्ट्र निर्माता

छत्रपति शिवाजी

"पुत्र सुना है तुम आज शिकार खेलने गए थे।"

"जी माताश्री!"

"लेकिन पुत्र, हिंसा करना पाप है।"

"लेकिन माताश्री आप तो हमेशा श्रीराम और श्रीकृष्ण की कहानियां सुनाया करती हैं, उन्होंने भी राक्षसों को मारकर हिंसा की थी।"

"पुत्र! राक्षस यानी कि दुष्टों को मारने में कोई हिंसा नहीं है, लेकिन निर्दोष पशुओं और भोले-भाले इंसानों को सताने में पाप लगता है।"

"और ये यवन जो हमारे राजा हैं। हमें सताते हैं और दिन-रात पशु हिंसा करते हैं, क्या इन्हें पाप नहीं लगता।"

"हां लगता है।"

"तो इनका क्या किया जाए!"

"इन्हें तुम मार भगाओ और देश में रामराज्य की स्थापना करो।"

"जैसी आपकी आज्ञा माताश्री।"

यह बालक था वीर शिवाजी और उनकी माता थी वीर जीजाबाई। बालक शिवाजी बचपन में बड़ा ही बहादुर था। एक बार वह अपने पिता के साथ बीजापुर के नवाब के यहां गए तो पिता ने दरबार में उससे कहा, "बेटा सरकार को सलाम करो।"

"क्यों मैं क्यों करूं सलाम।"

"बेटा ये हमारे राजा हैं।"

"नहीं ये हमारे राजा नहीं। देश में यवन तो बाहर से आए हैं, इन्होंने तो हमारे देश को पराधीन किया हुआ है। मैं ऐसे तानाशाह और लुटेरे को प्रणाम नहीं कर सकता।"

पुत्र के इस दुस्साहस की पिता ने बीजापुर के नवाब से क्षमा मांग ली। लेकिन उसे क्या पता था कि एक दिन यही नवाब इस बालक को सम्राट मानकर अतिथि के रूप में इसी राज दरबार में आमंत्रित करेगा।

जिस समय बहमनी सल्तनत का पतन हो रहा था उस समय मुगल

साम्राज्य अपने चरमोत्कर्ष पर था : विशाल साम्राज्य, बगावतों से दूर और विलासिता में डूबा हुआ। उस समय शाहजहां के शासन के अधीन शाहजादा औरंगजेब दक्कन का सूबेदार था। बहमनी के सबसे शक्तिशाली परवर्ती राज्यों में बीजापुर तथा गोलकुण्डा के राज्य थे। बीजापुर के कई सूबेदारों में से एक थे शाहजी। शाहजी एक मराठा थे और पुणे एवं उसके दक्षिण के इलाकों के सूबेदार। शाहजी की दूसरी पत्नी जीजाबाई से उनके ही पुत्र थे शिवाजी। शिवाजी बाल्यकाल से ही पिता की उपेक्षा के शिकार थे, क्योंकि शाहजी अपनी

पहली पत्नी पर अधिक आसक्त थे। शिवाजी ने बीजापुर के सुल्तान आदिलशाह को खबर भिजवाई कि अगर वो उन्हें एक किला दे देंगे, तो शिवाजी उन्हें तत्कालीन किलेदार के मुकाबिले अधिक पैसे देंगे। सुल्तान ने अपने दरबारियों की सलाह ली, पर उन्हें तो शिवाजी ने पहले ही घूस देकर अपने पक्ष में कर लिया था, किला शिवाजी को दे दिया, इसके बाद शिवाजी ने एक के बाद एक कई किलों पर अधिकार कर लिया। बीजापुर के सुल्तान को शिवाजी की बढ़ती प्रभुता देखकर गुस्सा आया, "शाहजी!"

"हुक्म करें शहंशाह!"

"अपने लौंडे को संभाल लो, नहीं तो उसकी खैर नहीं।"

"क्या किया उस नालायक ने।"

"यह भी हमसे पूछते हो?"

"शहंशाह, वह तो हमसे अलग रहता है, इसीलिए हाथ से निकल गया है।"

"तुम्हारे तो हाथ से ही निकल गया, लेकिन हम तो उसे दुनिया से ही निकाल देंगे।"

"..."

"नालायक हमारे ही पेट पर लात मारने लगा।"

"पेट पर लात!"

"हां पेट पर लात," उन्होंने कहा, "एक तो हमारे कई किलों पर अधिकार कर लिया और अब भोजन पर भी..."

"भोजन पर, मतलब!"

"अरे कल हमने मांस खाने की इच्छा से एक गाय महल में मंगवाई थी, लेकिन जो कसाई उसे लेकर आ रहा था, तुम्हारे लाड़ले ने उस कसाई का वध करके हमारे मुंह से निवाला ही छीनकर ले गया।"

"अर्थात् गाय को मुक्त करा दिया।"

"और नहीं तो क्या?"

"फिर तो उस दुष्ट को दण्ड मिलना ही चाहिए।" शाहजी ने प्रत्यक्ष कहा, लेकिन फिर मन-ही-मन कहा, "ईश्वर ऐसा गो-भक्त पुत्र सभी को प्रदान करें।"

शाहजी ने पुत्र को समझाने के लिए संदेश भेजा, "बेटा धैर्य से काम लो, तुम ऐसे पचड़ों में क्यों पड़ते हो?" लेकिन शाहजी की बात पर शिवाजी ने कोई ध्यान नहीं दिया और मावलों की सहायता से अपने अधिकार क्षेत्र में बढ़ोतरी करते गए। आदिलशाह ने अफजल खां को शिवाजी को गिरफ्तार करने के लिए भेजा। शिवाजी ने अफजल की चाल समझते हुए उसकी सेना का वध कर दिया। इसके बाद शिवाजी के पिता शाहजी को गिरफ्तार कर लिया गया, शिवाजी ने बीजापुर के खिलाफ जंग का ऐलान कर दिया और एक सेना लेकर कूच कर दिया।

"वह आ रहा है।" दूत ने आदिलशाह को बताया।

"कौन आ रहा है?"

"शिवाजी।"

"उसे तो आना ही था। हमारे चरणों में पड़कर माफी तो मांगनी ही थी।"

"लेकिन शहंशाह?"

"लेकिन क्या?"

"वह अकेला नहीं, दल-बल के साथ आ रहा है, उसने हमें मिट्टी में मिलाने की प्रतिज्ञा की है।"

"क्या?" होश उड़ गए थे आदिलशाह के, उसके पास तो उस समय नाममात्र की सेना थी, इसलिए कुछ सोचने के बाद उसने कहा, "शिवाजी के स्वागत के लिए तैयारी करो। हम उसे एक शासक की तरह सम्मान देंगे।"

"जो आज्ञा शहंशाह।"

आदिलशाह ने शिवाजी को संदेश भिजवाया कि हम आपको अपने रक्षक के रूप में देखते हैं, इसलिए आपसे समझौता करने के लिए तैयार हैं और आपके पिता को इज्जत के साथ छोड़ दिया गया है एवं उसके पद में भी बढ़ोतरी की गई।

शिवाजी ने उसकी बात पर भरोसा किया। दरबार में शिवाजी का भारी स्वागत किया गया और आदिलशाह एवं शिवाजी ने राजधर्म पर खुलकर बातें की। आदिलशाह जिसे बचपन में शिवाजी ने सलाम करने से मना कर दिया था, आज किशोर शिवाजी को वही सलाम कर रहा था और उसके चरण छूने

के लिए तैयार था। इस प्रकार शिवाजी ने अपने पिता को छुड़ा लिया और समझौते के मुताबिक बीजापुर के खिलाफ आक्रमण बन्द कर दिया।

आदिलशाह की मृत्यु के बाद बीजापुर में अराजकता छा गई और स्थिति को देखकर औरंगजेब ने बीजापुर पर आक्रमण कर दिया। शिवाजी ने तो उस समय तक औरंगजेब के साथ संधि वार्ता जारी रखी थी, पर इस मौके पर उन्होंने कुछ मुगल किलों पर आक्रमण किया और उन्हें लूट लिया। औरंगजेब इसी बीच शाहजहां की बीमारी के बारे में पता चलने के कारण आगरा चला गया और वहां वो शाहजहां को कैद कर खुद बादशाह बन गया। औरंगजेब के बादशाह बनने के बाद उसकी शक्ति काफी बढ़ गई और कूटनीति से काम लेते हुए शिवाजी ने औरंगजेब से मुगल किलों को लूटने के सम्बन्ध में माफी मांगी। अब शिवाजी ने बीजापुर के खिलाफ आक्रमण तेज कर दिया। शाहजी ने बीजापुर के नए सुल्तान के समक्ष अपने पुत्र को संभालने के निवेदन पर अपनी असमर्थता जाहिर की और शिवाजी एक-एक कर कुल 48 किलों के मालिक बन गए। उन्होंने सूरत को दो बार लूटा और वहां मौजूद डच और अंग्रेज कोठियों से भी धन वसूला। वापस आते समय उन्होंने मुगल सेना को भी हराया। मुगलों से भी उनका संघर्ष बढ़ता गया।

शिवाजी की शक्ति कोंकण और दक्षिण-पश्चिम महाराष्ट्र में सुदृढ़ता से स्थापित हो गई। उत्तर में उत्तराधिकार सम्बन्धी विवाद के खत्म होते और सिक्खों को शांत करने के बाद औरंगजेब दक्षिण की ओर आया। उसने शाइस्ता खां को शिवाजी के खिलाफ भेजा पर शिवाजी किसी तरह भाग निकलने में सफल रहे। लेकिन एक युद्ध में मुगल सेना ने मराठों को पराजय के कगार पर पहुंचा दिया। स्थिति की नाजुकता को समझते हुए शिवाजी ने मुगलों से समझौता कर लिया और औरंगजेब ने शिवाजी और उनके पुत्र शम्भाजी को मनसबदारी देने का वचन देकर आगरा में अपने दरबार में आमंत्रित किया। 'मातृशक्ति' महाकाव्य में इस संदर्भ में वर्णित किया गया है –

सन सौलह सौ छियासठ में
शिवा शंभा मुगल दरबार गए,
अंत पंक्ति में खड़े कर दिए
सारे उनके अधिकार गए।

वीर शिवाजी सह न सका
अनार्यो से अपना अपमान,
बंदी बनाने का लेकिन उसे
तुरंत जारी हो गया फरमान।

आगरा पहुंचकर अपने 5000 हजार की मनसबदारी से शिवाजी खुश नहीं हुए और औरंगजेब को भरे दरबार में भला-बुरा कहा, "आलमगीर आपने मेरी वीरता का मूल्य बस यही आंका है?"

"और क्या आंकते," औरंगजेब गुर्राया, "तुझे ही दिल्ली का शहंशाह बना देते।"

"दिल्ली तो है ही हमारी, तुम हमें क्या शहंशाह बनाओगे।"

"काफिर शुक्र करो तुम्हें अंतिम पंक्ति में खड़ा किया, नहीं तो..."

"नहीं तो क्या?"

"काफिर के लिए हमारे यहां सबसे बड़ा पद केवल मैला ढोने के लिए ही आरक्षित है।"

"जबान संभालकर बात करो औरंगजेब, नहीं तो..."

"नहीं तो क्या?"

"तेरे ही दरबार में तेरी जूति तेरे ही सर पर बजेगी।" कहता हुआ शिवाजी औरंगजेब के दरबार से चल पड़ा था।

"काफिर!" औरंगजेब की आंखें लाल हो गई थी, "गिरफ्तार कर लो इन बाप बेटों को।"

औरंगजेब ने इस अपमान का बदला लेने के लिए शिवाजी को शम्भाजी के साथ जयसिंह के आवास पर नजरबन्द कर दिया, ताकि उचित अवसर पर उन्हें फांसी पर चढ़ाया जा सके।

शिवा ने देश के लिए किया
बीमारी का झूठा बहाना,
टोकरे भर-भर मिठाई
शुरू की गरीबों में बंटवाना।

टोकरों की करते थे जांच
पहले पहल तो पहरेदार

बाद में लापरवाह हो गए
वे निठल्ले मुगल सरदार।
एक दिन टोकरों में छिप
पिता-पुत्र हो गए आजाद,
तलवार हाथ में पुनः उठाई
औरंगजेब को करने बरबाद।

इस प्रकार शिवाजी और शंभा दोनों पहरेदारों को धोखे में डालकर फलों की टोकरी में छुपकर भागने में सफल रहे। बनारस, गया और पुरी होते हुए शिवाजी वापस पुणे पहुंच गए। इससे मराठों में जोश आ गया और इसी बीच शाहजी की मृत्यु 1674 में हो गई। शिवाजी ने अपने आप को राजा घोषित कर दिया।

जीवन के आखिरी दिनों में शिवाजी ने अपना ध्यान दक्षिण की ओर लगाया और मैसूर को अपने साम्राज्य में मिला लिया। 1680 में उनकी मृत्यु के समय तक मराठा साम्राज्य एक स्थापित राज के रूप में उभर चुका था और कृष्णा से कावेरी नदी के बीच के इलाकों में उनका वर्चस्व स्थापित हो चुका था। शिवाजी के बाद उनके पुत्र सम्भाजी ने मराठों का नेतृत्व किया। आरंभ में तो वे सफल रहे पर बाद में उन्हें मुगलों से हार का मुंह देखना पड़ा।

औरंगजेब ने उन्हें पकड़कर कैद कर दिया। कैद में औरंगजेब ने शम्भाजी से मुगल दरबार के उन बागियों का नाम पता करने की कोशिश की, जो मुगलों के खिलाफ विश्वासघात कर रहे थे। इस कारण उन्हें यातनाएं दी गई और अन्त में तंग आकर उन्होंने औरंगजेब को भला बुरा कहा और संदेश भिजवाया कि वे औरंगजेब की बेटी से शादी करना चाहते हैं। उनकी भाषा और संदेश से क्षुब्ध होकर औरंगजेब ने शम्भाजी के टुकड़े-टुकड़े काटकर उनके मांस को कुत्तों को खिलाने का आदेश दे दिया। शम्भाजी के बलिदान के बाद शिवाजी के दूसरे पुत्र राजाराम ने गद्दी संभाली। औरंगजेब अब बूढ़ा हो चला था, इसलिए मराठों को सफलता मिलने लगी और वे उत्तर में नर्मदा नदी तक पहुंच गए।

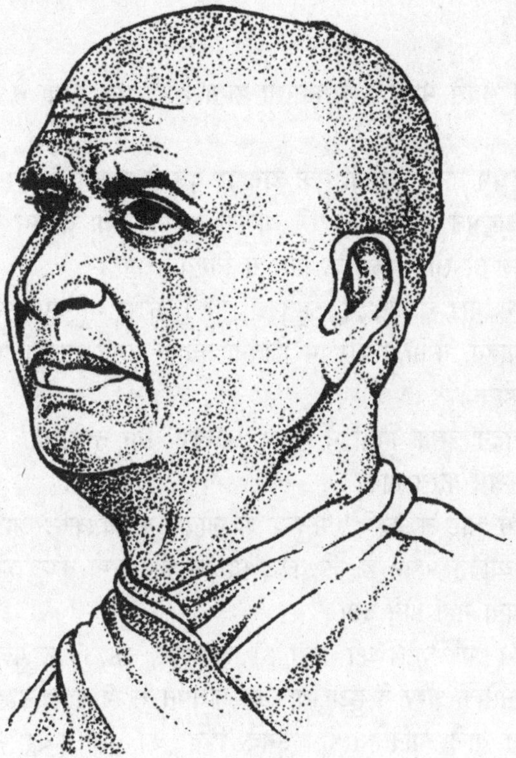

महान राष्ट्र निर्माता

बल्लभ भाई पटेल

"बताओ! सबसे मीठा फल कौनसा होता है?" एक पिता ने अपने पुत्रों से पूछा।

"परिश्रम का।" उसके एक होनहार पुत्र ने जवाब दिया।

यह अद्‌भुत उत्तर देने वाले बालक का नाम था बल्लभ भाई पटेल जो बाद में चलकर लौह पुरुष के नाम से विख्यात हुए।

बल्लभ भाई बचपन में कहते थे, "हमें कठोर परिश्रम करने की आदत डालनी चाहिए, क्योंकि परिश्रम जितना ज्यादा होगा उसका फल भी उतना ही मीठा होगा।"

एक दिन उसके पिता ने पूछा, "बल्लभ क्या तुम्हें नहीं लगता कि तुम ज्यादा परिश्रम करते हो?"

बल्लभ भाई ने कहा, "मनुष्य के जीवन में तो कष्ट आते ही रहते हैं, परंतु वह व्यक्ति महान है, जो कष्ट सहकर भी किसी कष्ट का तनाव अपने मन पर हावी नहीं होने देता।"

बल्लभ भाई पटेल का जन्म 31 अक्तूबर, 1875 को गुजरात राज्य के नाडियाड नामक शहर में हुआ था। वह बचपन से ही बहुत साहसी एवं कठोर इच्छाशक्ति वाले व्यक्तित्व थे। उनके पिता का नाम झबेर भाई एवं माता का नाम लाड़बाई था। पिता झबेर भाई गुजरात राज्य के एक छोटे से गांव करमसाड में रहते थे। उनके पास खेती-बाड़ी के लिए थोड़ी सी ज़मीन थी। उसी से वह खूब मेहनत करके अपने परिवार की गुज़र-बसर करते थे। झबेर भाई देशभक्त थे। वह झांसी की रानी लक्ष्मीबाई की सेना में रहकर 1857 की क्रांति में भाग ले चुके थे। वह कहते थे, "रानी लक्ष्मीबाई जैसी वीर और देशभक्त महारानी न तो कभी पहले हुई और न बाद में ही।" वह रानी लक्ष्मीबाई को देवी का अवतार मानते थे और इसी कारण वह उनकी सेना में भरती हुए थे। रानी लक्ष्मीबाई के वीरगति प्राप्त होने के बाद वह बंदी बना लिए गए थे। जब उन्हें बंदी बनाया गया तो उन्होंने कहा, "तुम गोरे लोग सोचते हो कि हमें बंदीगृह में डालकर निर्भय होकर शासन करोगे। ऐसा सोचना

तुम्हारी भूल है, क्योंकि एक क्रांतिकारी भारतीय को कारागार में डालोगे तो देश में दस नये क्रांतिकारी पैदा होंगे।" उन्होंने कैद में अन्य साधारण कैदियों के अंदर भी जब देशभक्ति के भाव भरने शुरू कर दिये तो उन्हें बंदी गृह से छोड़ दिया गया। उसके बाद वह अपने गांव करमसाड वापस आ गए एवं खेतों में मेहनत करके अपने परिवार का पालन-पोषण करने लगे। उनके चार बेटे एवं एक बेटी थी। बेटों के नाम नरसिंह भाई, विट्ठल भाई, बल्लभ भाई एवं काशी थे, बेटी का नाम डाबीहा था।

कर्मठ, सहनशील और स्वावलम्बी बालक बल्लभ भाई जब थोड़े बड़े हुए तो पिता झबेर भाई ने उनका दाख़िला गांव से थोड़ी दूर स्थित एक प्राइमरी स्कूल में करा दिया। स्कूल में उन्हें गणित व गुजराती भाषा की शिक्षा दी जाती थी। माध्यमिक शिक्षा खत्म करने के बाद बल्लभ ने अपने बड़े भाई विट्ठल भाई की तरह ही अंग्रेज़ी पढ़ने की इच्छा जाहिर की। पर समस्या यह थी कि गांव में कोई अंग्रेज़ी स्कूल नहीं था, इसलिए बल्लभ भाई को पास के शहर में स्थित स्कूल में इस उद्‌देश्य की प्राप्ति के लिए दाखिल करा दिया गया।

अंग्रेजी पढ़ने वाले विद्यार्थी नित्य 9-10 किलोमीटर पैदल उस शहर में जाते थे। गर्मियों में स्कूल सुबह सात बजे लगता था, इसलिए सूर्योदय से पहले ही घर से निकलकर खेतों से होकर जाना पड़ता था। एक खेत की मेड़ पर लगे एक पत्थर से अक्सर किसी-न-किसी को ठोकर लग जाती थी।

एक दिन उस सीमा को पार करने के बाद साथियों ने देखा कि उनमें से एक कम है। "बल्लभ भाई पीछे छूट गये हैं।" किसी ने कहा, "लगता है वह खेत की मेड़ पर किसी चीज से जोर आज़माईश कर रहे हैं।" दूसरे साथी ने पुकारा, "तुम पीछे क्या कर रहे हो? स्कूल को देर हो रही है।"

वह बोले थे, "ठहरो, मैं अभी आता हूं।"

थोड़ी देर में उस गड़े हुए पत्थर को हटाकर वह उनसे जा मिले और सहज भाव से बोले, "रास्ते में इस पत्थर से अंधेरे में न जाने कितनों के पैरों में चोटें आयी होंगी। आते-जाते चोट लगे और रुकावट पड़े, ऐसी चीज को हटा देना ही उचित होता है।"

शुरू से ही बल्लभ में जन कल्याण, अगुवाई एवं संगठन के गुण दिखाई देने लगे थे। एक बार उनके पैर में एक फोड़ा निकल आया था। जब फोड़ा

काफ़ी बढ़ गया, तो वैद्य ने उसे फोड़ने की सलाह दी। एक लोहे की सरिया गर्म करवाई गई, लेकिन वैद्य यह सोचकर कि यह बच्चा किस प्रकार दर्द सहन कर पाएगा, फोड़ा दागने का साहस नहीं कर सके। अचानक ही बल्लभ भाई ने गर्म सरिया उठाई और खुद ही फोड़ा फोड़ डाला। उनके मुख से उफ़ तक नहीं निकला। बल्लभ ने अपने अद्भुत साहस एवं मज़बूत इच्छाशक्ति का परिचय दे दिया था। उनकी शिक्षा के दौरान कई बार उनकी झड़पें उनके ऐसे अध्यापकों से हुई थीं, जो उन्हें दूसरे बच्चों के साथ या खुद उनके साथ अन्याय करते प्रतीत हुए। बचपन से ही वह जो भी काम करते, तो पूर्णतया उसमें डूब जाते थे और पूरा करके ही दम लेते थे। अन्याय, अत्याचार एवं शोषण के ख़िलाफ़ वह ज़ोरदार आवाज़ उठाते थे।

"हम लोग जितना दबेंगे, हम पर उतना ही अधिक अत्याचार किया जाएगा।"

किसी ने पूछा, "मगर हम पर अत्याचार हो क्या रहा है?"

"क्या तुम नहीं जानते?"

"नहीं मैं तो नहीं जानता?"

"हम लोगों के ऊपर अंग्रेज शासन करते हैं, इससे बड़ा और अत्याचार भला क्या होगा?"

जो बालक मात्र विदेशी शासन को ही अत्याचार की श्रेणी में रखता था, वह अंग्रेजी शासकों के अत्याचारों को भला किस श्रेणी में रखता होगा, इसका अंदाजा आप स्वयं लगा सकते हो। यही बालक बल्लभ आगे चलकर भारतीय इतिहास में एक चमकदार सितारा बनकर छा गया और वह लौह पुरुष सरदार बल्लभ भाई पटेल के नाम से प्रसिद्ध हुआ। कुर्मी (क्षत्रिय) परिवार का यह बच्चा भारत के लिए एक वरदान साबित हुआ। बल्लभ भाई ने पूरे जीवन राष्ट्र की भलाई के लिए काम किया और अपना पूरा जीवन राष्ट्र को समर्पित कर दिया था। वह भारतीय इतिहास के एक ऐसे सम्मानित नक्षत्र के रूप में अवतरित हुए, जिसकी प्रसिद्धि हमेशा बनी रहेगी।

बल्लभ भाई की आयु अभी अठारह साल की ही थी, जब कि उनका विवाह पास के गांव की ही एक लड़की से कर दिया गया। उनका नाम झबेर वॉ था।

उन्होंने अपनी पत्नी से कहा, "अब तो पढ़ाई-लिखाई छोड़कर कोई काम-धंधा कर लेना चाहिए।"

"क्यों?"

"तुम जो आ गयी," उन्होंने अपनी पत्नी से कहा, "खर्च बढ़ गया है। घरवालों पर अब तक तो मैं ही बोझ था, अब तुम भी आ गयी हो?"

"क्या तुम मुझे बोझ समझते हो?"

"नहीं मेरा कहने का यह मतलब नहीं था?"

"तो क्या मतलब था तुम्हारा?"

"यही कि अपनी पत्नी का खर्च पति को ही उठाना चाहिए।"

"आपके विचार अति उत्तम हैं, लेकिन मैं चाहती हूं कि तुम पढ़कर सरकार में बड़े अफसर बनो।"

"धत्त तेरे की!"

"क्यों?," पत्नी ने कहा, "क्या बड़ा अफसर बनना हर किसी का सपना नहीं होता।"

"होता होगा," बल्लभ भाई ने कहा, "लेकिन मेरा सपना तो कोई और ही है?"

"क्या सपना है तुम्हारा?"

"अफसर बनना तो है, मगर सरकार के अधीन नहीं।"

"फिर कैसा अफसर बनना चाहते हो?"

"गरीब और पीड़ितों का अफसर।"

"मतलब?"

"मेरा हृदय तो अधिवक्ता बनने को कहता है?"

"यह भी ठीक है," पत्नी ने कहा, "डॉक्टर, वकील और मास्टरों की तो इस जग में इज्जत सबसे ज्यादा है।"

उनकी पत्नी अपने मायके चली गयी, ताकि बल्लभ की पढ़ाई में अड़चन पैदा न हो।

बल्लभ भाई के पिता के पास धन की कमी थी, इसलिए पढ़ाई जारी रखने के लिए उन्होंने खुद धन कमाना शुरू किया। जब उन्होंने अनुभव किया कि अब वे काफ़ी धन कमाने लगे हैं, तब वे अपनी पत्नी झबेर वॉ को बोरसाड ले

आए। जब 1897 में बल्लभ भाई ने मैट्रिक की परीक्षा पास की थी, तब वह बाईस साल के थे। पढ़ाई के अलावा उनके कंधों पर परिवार की ज़िम्मेदारी भी थी। अप्रैल, 1903 में उनके घर एक बेटी ने जन्म लिया। उसका नाम मणिबेन रखा गया। दो साल बाद ही उनका घर बेटे की किलकारियों से भी गूंज उठा। उसका नाम डाहया भाई रखा।

इधर बल्लभ भाई के मन में एक इच्छा बलवती होती जा रही थी। वे इंग्लैंड जाकर वकालत पढ़कर एक बड़े वकील बनना चाहते थे, पर उनके पास धन की कमी थी, जिसके कारण उन्हें अपना सपना अधूरा ही दिखता था। बल्लभ भाई ने हिम्मत नहीं हारी। सबसे पहले तो वह पुस्तकें उधार लेकर पढ़ने लगे और दूसरी तरफ़ बहुत मेहनत करके उन्होंने जिला अदालत की परीक्षा पास कर ली। इंग्लैंड जाने के लिए उन्हें बारह हजार रुपयों की ज़रूरत थी, इसलिए वह पूरी लगन से मुक़दमे लड़ने लगे। अब उनकी पसंद आपराधिक मुक़दमों में भी रहने लगी। इस सबके पीछे उनका उद्देश्य इंग्लैंड जाने के लिए जरूरी धन इकट्ठा करना था। वह अपना काम पूरी लगन एवं ईमानदारी से करते थे। लोग उनकी न्यायप्रियता से प्रभावित थे। शीघ्र ही उन्होंने बारह हजार रुपए इकट्ठे कर लिए एवं एक टिकट एजेंट के पास टिकट लेने गए और इंग्लैंड से अपने लिए बुलावे का इंतज़ार करने लगे।

कुछ समय बाद बुलावा आया, लेकिन पत्र पर वी. पटेल का नाम लिखा था एवं पत्र विट्ठल भाई पटेल को मिला था। बल्लभ भाई ने बड़े भाई को अपनी इच्छा एवं योजना के बारे में बताया, लेकिन बड़े भाई की इच्छा का सम्मान करते हुए उन्हें इंग्लैंड जाने दिया। यद्यपि बल्लभ भाई तब इंग्लैंड नहीं पहुंच पाए थे, पर इस घटना ने उनके सज्जन एवं त्यागशील होने का प्रमाण दे दिया था। शायद तभी तो उन्होंने अपना सारा जीवन राष्ट्र के लिए समर्पित कर दिया था। फ़िलहाल बल्लभ भाई भारत में ही पूरे मन से वकालत करने लगे। उनकी प्रसिद्धि दिन-पर-दिन बढ़ती जा रही थी। सरदार पटेल बाद में चलकर लौह पुरुष के नाम से विख्यात हुए, क्योंकि इन्होंने 550 से अधिक देशी रियासतों का भारत में विलय करके हमें अखंड भारत बनाकर दिया, जिस पर हमें गर्व है।

महान क्रांतिकारी

झांसी की रानी

उन दिनों कन्या का होना शुभ नहीं माना जाता था। कन्या को बोझ और पराया धन समझा जाता था। लेकिन इस कन्या के बारे में ऐसा नहीं हुआ। इस कन्या को तो बेटे से भी बढ़कर सम्मान दिया गया। धूमधाम के साथ नवजात कन्या का जन्मोत्सव मनाया गया। चिमाजी ने जी खोलकर पैसे लुटाए। मोरोपन्तजी ने भी यथाशक्ति राजा के दास-दासियों को उदारतापूर्वक दान-दक्षिणा दी। भागीरथीबाई के पास जो भी एक-दो आभूषण थे, वे भी दासी को ही भेंट कर दिये गए। अच्छे-अच्छे पंडितों का शुभागमन हुआ। काफी उधेड़-बुन के बाद पंडितों ने उस अपूर्व शिशु का नाम मणिकर्णिका रखा।

धीरे-धीरे मणिकर्णिका बढ़ने लगी। चूंकि अशिक्षित दास-दासियों से 'मणिकर्णिका' शब्द का शुद्ध-शुद्ध उच्चारण नहीं हो पाता था, अतः प्यार से लोगों ने उसे मनु कहना प्रारम्भ कर दिया। बहुत ही प्यारा नाम है मनु! मनु बालपन में सबको मोहने लगी। मासूम से चेहरे पर हर समय मुस्कान बिखरी रहती थी। साक्षात् लक्ष्मी या दुर्गा की अवतार लगती थी वह। बालपन में ही एक से बढ़कर एक साहसिक कार्य को अंजाम देने लगी थी वह। इसलिए ऐसे कार्यों की चर्चा होना भी स्वाभाविक ही था।

अतः घर-घर में मनु के पराक्रम की चर्चा चलने लगी। एक दिन भागीरथीबाई किसी घरेलू कार्य में व्यस्त थीं। मनु अपनी गुड़िया के साथ बरामदे में खेल रही थी। मनु के साथ विविध प्रकार के खिलौने बरामदे की शोभा बढ़ा रहे थे : हाथी, ऊंट, बत्तख, सुग्गा, चूहा, बिल्ली, बाघ, मोर, घोड़ा आदि समस्त खिलौनों के साथ वह हंस-हंस कर खेल रही थी। तभी उसकी दृष्टि अचानक सड़क की ओर गई। उसने देखा कि एक खूबसूरत सवार अपने घोड़े पर चढ़कर सरपट चाल में घौड़े को दौड़ाते हुए शहर की ओर चला आ रहा है।

अब क्या था, वह भी अपने काठ के घोड़े पर बैठ गई और उसे सरपट चाल में दौड़ाने की कोशिश करने लगी। घोड़ा सजीव हो, तब तो दौड़े! मनु पसीना-पसीना हो गई; किन्तु घोड़ा आगे नहीं बढ़ा। अन्त में मजबूर होकर वह फूट-फूटकर रोने लगी।

देखते-देखते लोगों की भीड़ लग गई, 'मनु तो रोती नहीं, आज क्या हुआ कि फूट-फूटकर रोने लगी।'

"क्यों रोती हो मनु बिटिया, क्या किसी ने मारा है!"

"नहीं हमें किसी ने नहीं मारा!"

"तो फिर रोना किस बात पर आया हमारी बिटिया रानी को।"

"हमारा घोड़ा दौड़ नहीं रहा है।"

"ओह!" वह हंस दी थी, "यह तो काठ का घोड़ा है, यह भला कैसे चलेगा!"

"तो कैसा घोड़ा चलता है!"

"असली घोड़ा!"

"तो हम भी असली घोड़े की सवारी करेंगे।"

"बिटिया अभी तुम असली घोड़े की सवारी नहीं कर सकती!"

"क्यों...क्यों नहीं कर सकते हम असली घोड़े की सवारी?"

"क्योंकि अभी तुम बहुत छोटी हो?"

"हम छोटी क्यों हैं?"

"क्योंकि भगवान ने तुम्हें छोटी बनाकर भेजा है।"

"भगवान ने हमें क्यों छोटी बनाकर भेजा है।"

"ताकि सबकी लाड़ली रहो।"

"तो फिर हम घोड़े की सवारी कैसे करेंगी।"

"जब तुम बड़ी हो जाओगी।"

"हम कब बड़ी होंगी।"

"जब तुम रोज-रोज दो-दो गिलास दूध का पिओगी।"

"ठीक है तो हम आज ही दो नहीं चार गिलास दूध पीना शुरू करेंगी, ताकि हम और जल्दी बड़ी हो जाएं।"

"चलिए तो, दूध आपकी प्रतीक्षा कर रहा है।"

और दासी उसे दूध पिलाने के लिए ले गई।

एक दासी मनु का खेल देख रही थी। उसी के द्वारा हाल मालूम हुआ। बाद में मनु ने भी रोने का कारण बताया। चलते वक्त सबके मुख से निकला ठीक ही यह दुर्गा की अवतार है।

बलिदानों की धरती भारत में ऐसे-ऐसे वीरों ने जन्म लिया है, जिन्होंने अपने रक्त से देशप्रेम की अमिट गाथाएं लिखीं। ऐसी ही वीरांगनाओं में झांसी की रानी लक्ष्मीबाई का नाम भी शामिल है। भारत को अंग्रेजों से आजादी दिलाने के लिए 1857 में हुई आजादी की पहली क्रांति में बढ़ चढ़कर हिस्सा लेने वाली वीरांगना रानी लक्ष्मीबाई ने 18 जून, 1958 को वीरगति प्राप्त की थी। रानी लक्ष्मीबाई ने न केवल भारत की बल्कि विश्व की महिलाओं को गौरवान्वित किया। उनका जीवन स्वयं में वीरोचित गुणों से भरपूर, अमर देशभक्ति और बलिदान की एक अनुपम गाथा है। ऐसी वीर नारी को शत शत नमन!

महान क्रांतिकारी

चन्द्रशेखर आजाद

चन्द्रशेखर आजाद का जन्म एक मध्यवर्गीय परिवार में हुआ था। उनके पिता पंडित सीताराम तिवारी एक महाजन की दुकान पर हिसाब लिखने का काम करते थे। साथ में थोड़ी सी पंडिताई भी करते थे। कहीं-कहीं पूजा पाठ करके भी कुछ धन कमा लेते थे।

चन्द्रशेखर बाल्यावस्था से ही निडर और स्पष्टवादी थे। उनके बालमन में अनेक प्रश्न उठते थे। एक दिन उन्होंने अपने पिता से पूछा, "बाबा वंदे मातरम् कहना गुनाह है क्या?"

"क्यों।"

"मेरा एक साथी वंदे मातरम् कह रहा था, तो पुलिस उसे पकड़कर ले गयी।"

"अपराध तो नहीं है बेटा! लेकिन ये अंग्रेज जबरदस्ती से हमारे देश पर अपना अधिकार बताते हैं, इसलिए अपने देशवासी वंदे मातरम् कहकर उसको प्रणाम करते हैं। अंग्रेजों को यह पसंद नहीं आता, इसलिए वे पकड़कर ले जाते हैं। उनकी दृष्टि में ऐसा करना अपराध है।"

चंद्रशेखर शरीर से हृष्ट-पुष्ट थे। उन्हें खेलना व साहसी कारनामे करना बहुत पसंद था, लेकिन पढ़ाई-लिखाई में मन नहीं लगता था। उनके पिता ने उन्हें समझा-बुझाकर स्कूल जाने के लिए मना लिया। वे स्कूल भी गये, किंतु चौथी कक्षा में पहुंचने के बाद एक घटना घटी। वे गणित में थोड़े कच्चे थे। गणित के सारे सवाल गलत हो जाने पर अध्यापक ने उन्हें छड़ी से बहुत मारा। बस! उस दिन उन्होंने निर्णय लिया कि अब वे स्कूल नहीं जाएंगे। छड़ी की मार का अपमान उन्हें सहन नहीं हुआ। उस दिन वे स्कूल से घर नहीं गये। सीधे मुंबई चले गये। वहां दो-तीन महीने रहने के बाद वे बनारस गये। उन्होंने पढ़ाई-लिखाई तो कुछ की नहीं थी, अतः पेट भरने के लिए कुली का काम कर जीविका चलाने लगे। आजाद का व्यक्तित्व बड़ा ही प्रभावशाली था। व्यायाम से कसा हुआ गठीला शरीर, सुंदर बड़ी-बड़ी आंखें, चौड़े माथे पर बालों की सुंदर लटें, मस्तक पर सुंदर सा चंदन का टीका और गले में

यज्ञोपवीत, इन सब बातों से स्पष्ट लगता था कि वे ब्राह्मण पुत्र थे। उनके मन की निर्मलता, स्वाभिमान और विशेष व्यक्तित्व के कारण अनायास ही लोग उनकी ओर आकर्षित होते थे।

स्टेशन पर एक दिन किसी सज्जन ने उनसे कहा, "तुम ब्राह्मण पुत्र दिखते हो, फिर कुली का काम क्यों करते हो? चलो मेरे साथ मैं तुम्हारे रहने, खाने तथा पढ़ाई की व्यवस्था कर दूंगा।"

वे गृहस्थ उन्हें अन्नछत्र में ले गये। वहां की संस्कृत पाठशाला में गुरुजी से परिचय करा दिया। चन्द्रशेखर के मन में पहले से ही देशभक्ति की भावना थी। जब से पिताजी से वंदे मातरम् का अर्थ समझा था तभी से उनके मन में आता था कि वे भी वंदे मातरम् कहें और अपनी माता की सेवा करें।

गुरुजी ने उन्हें दूसरे दिन अपने पास बुलाया। चन्द्रशेखर गुरुजी से मिलने अपनी मस्ती में झूमते हुए जा रहे थे। उस समय आंदोलन जोरों पर थे। संस्कृत पाठशाला के तथा कॉलेज के छात्र उसमें भाग ले रहे थे। उनके बाजू से एक जत्था वंदे मातरम् कहते हुए जा रहा था। पीछे से आने वाले चन्द्रशेखर ने भी वंदे मातरम् का नारा लगाया। थोड़ी ही देर में पुलिसकर्मियों ने आंदोलनकारियों को डण्डों से पीटना शुरू कर दिया और कई की छाती पर तो बंदूकें ही तान दी। चन्द्रशेखर ने जब यह देखा कि पुलिस निर्दोष लोगों को डण्डों से पीट रही है, तो उन्होंने एक पत्थर उठाया और एक पुलिसकर्मी को घायल कर दिया। चन्द्रशेखर को पकड़ने के लिए पुलिसवाला उसके पीछे भागा, पर वे पकड़े नहीं गये। लेकिन चंदन का टीका लगाने के कारण वे शीघ्र पहचान लिये गये। जब उन्हें मजिस्ट्रेट के सामने पेश किया गया, तो मजिस्ट्रेट ने उनसे पूछा, "क्या नाम है तुम्हारा?"

"आजाद।"

"पिता का नाम?"

"स्वतंत्र।"

"मां का नाम?"

"भारत माता।"

"घर कहां है तुम्हारा?" गुस्से से तमतमा उठे थे मजिस्ट्रेट।

"जेलखाना।"

''बदतमीज! उटपटांग उत्तर देता है।'' जज ने फैसला सुना दिया था, ''इस बालक को 15 बेंत मारे जाएं।''

इस प्रकार के उत्तर सुनकर उन्हें 15 बेंतों की सजा सुनाई गयी। जितनी जोर से उनकी पीठ पर बेंतों की मार पड़ी, उतनी ही जोर से उन्होंने वंदे मातरम् के नारे लगाये। इसके बाद वे आजाद नाम से प्रसिद्ध हो गये। जिस व्यक्ति ने उन्हें पाठशाला भेजा था, उसी ने चन्द्रशेखर के तेज, जोश और राष्ट्रीय प्रेम को पहचाना था।

उन्होंने एक सभा बुलाकर चन्द्रशेखर का सार्वजनिक रूप से सम्मान किया और सारा वातावरण आजाद जिंदाबाद के नारों से गूंज उठा। उसी समय बाबाराव सावरकर व महान क्रांतिकारी पंडित रामप्रसाद बिस्मिल काशी आये हुए थे। उनकी एक गुप्त बैठक होने वाली थी। इन क्रांतिकारियों ने आजाद को बैठक में बुलाया। और जब आजाद के विषय में इन्हें पूर्ण जानकारी मिली तो उन्होंने उनके सामने क्रांतिकारी दल में शामिल होने का प्रस्ताव रखा, जिसे आजाद ने सहर्ष स्वीकार कर लिया।

गाजीपुर के महन्त बीमार थे। उन्होंने साहित्यकार रामकृष्ण खत्री से कहा, ''आपकी निगाह में अगर कोई सुशील, सच्चरित्र लड़का हो तो बताएं उसे अपना शिष्य बनाकर इस मठ की व्यवस्था करके उसके सुपुर्द करना चाहता हूं।''

खत्री जी क्रांतिकारियों के साथ काम कर रहे थे। उन्होंने इसकी चर्चा की तो चंद्रशेखर आजाद भी शिष्य बनने को तैयार हो गये। खत्री जी ने कहा, ''तुम पागल तो नहीं हो? साधु बनोगे? सिर घुटवाना पड़ेगा, दीक्षा लेनी पड़ेगी और सेवा करनी होगी, दिन-रात मठ में तो रहना ही होगा।''

आजाद ने कहा, ''मेरे साहित्यकार भाई! मठ में काफी संपत्ति है। हमारी पार्टी को धन की बहुत आवश्यकता है। अगर धन होगा तो पार्टी बहुत मजबूत होगी, पार्टी मजबूत होगी तो देश जल्दी आजाद हो जायेगा। अपने देश को आजाद करवाने के लिए मैं कुछ भी करने को तैयार हूं।''

''तुम्हारा परिचय किस नाम से करवाया जाए?''

''एक कवि के नाम से करवा देना बस।''

''अगर महन्त जी कविता सुनाने के लिए कहने लगे तो?''

''देश की आजादी के लिए मैं क्रांतिकारी बन सकता हूं, तो क्या कवि नहीं

बन सकता? साहित्यकार होकर भी क्या तुम नहीं जानते कि कलम तलवार से भी बड़ा शस्त्र होता है।" कहकर आजाद गंभीर हो गये।

एक दिन अपने मित्रों के साथ बैठक में चन्द्रशेखर आजाद ने प्रस्ताव रखा कि हम जो धनी परिवारों को लूटकर पैसा इकट्ठा करते हैं, उससे साधारण जनता हमसे नाराज हो सकती है। हमारी लड़ाई तो सरकार से है, क्यों न हम सरकारी खजाना लूट लें? इस प्रस्ताव को सबने स्वीकार कर लिया और सरकारी खजाना लूटना ही तय हुआ। उन्होंने पता किया सहारनपुर को जाने वाले मार्ग पर तीसरा स्टेशन काकोरी है, जो लखनऊ जिले का एक छोटा सा ग्राम है। उस मार्ग से रेल में एकत्र करके सरकारी खजाना ले जाया जाता है, जिसे काकोरी में आसानी से लूटा जा सकता है। और फिर 9 अगस्त 1925 को सरकारी खजाना लूट लिया गया। इस घटना से सारे विश्व में तहलका मच गया। इतनी बड़ी घटना को अंजाम देने का साहस अब तक किसी में नहीं हुआ था। इसलिए काकोरी की ट्रेन डकैती सरकार के लिए बहुत बड़ी चुनौती थी, अतः खबर मिलते ही पुलिस सक्रिय हो उठी। यद्यपि काकोरी ट्रेन डकैती में केवल दस लोग शामिल थे, लेकिन चालीस से अधिक लोगों की गिरफ्तारी हुई।

ब्रिटिश सरकार ने दस हजार रुपये की डकैती डालने वालों को सजा देने

के लिए क्रांतिकारियों के विरुद्ध मुकदमों पर 25 लाख रुपये खर्च किये, जो तत्कालीन समय में अपने आपमें एक रिकॉर्ड है।

काकोरी कांड में चार लोगों को फांसी तथा कुछ लोगों को आजीवन कारावास की सजा हुई। लेकिन चन्द्रशेखर आजाद कभी भी पुलिस की गिरफ्त में नहीं आ सके। इसके बाद साइमन कमीशन भारत में आने वाला था। चन्द्रशेखर आजाद, भगत सिंह, सुखदेव आदि ने कमीशन का बहिष्कार करने की योजना बनाई। तीनों अपने कर्मक्षेत्र में आगे बढ़ चले। और फिर लाहौर स्टेशन के बाहर लाला लाजपत राय के नेतृत्व में साइमन कमीशन का विरोध किया। साइमन गो बैक, साइमन मुर्दाबाद के नारे लगाते रहे। पुलिस उन पर लाठियां बरसाने लगी। एस.पी. साण्डर्स तो गुस्से से पागल हो गया, उसने सीधे लालाजी पर लाठियों से प्रहार किया और अन्य पुलिसकर्मियों को भी लाजपतराय को मारने का निर्देश दिया। लालाजी पुलिस की मार सहन नहीं कर सके और नीचे गिर पड़े। और फिर कुछ ही दिनों में स्वर्ग सिधार गये। लालाजी की मौत के बाद पूरा पंजाब सुलग उठा। साण्डर्स को मारने की योजना बनी। और फिर क्रांतिकारियों ने साण्डर्स को गोलियों से भून ही डाला। साण्डर्स का काम तमाम होते ही क्रांतिकारियों ने लाहौर छोड़ने का निश्चय किया। चन्द्रशेखर फकीर के वेश में, भगत सिंह एक अंग्रेज के वेश में तथा कई अन्य क्रांतिकारी साधुओं के वेश में लाहौर से निकल पड़े। इसके बाद उन्होंने पर्चे बांटे, जिनमें लिखा था, "साण्डर्स की हत्या करके हमने लालाजी की मौत का बदला लिया है। इस हत्या के द्वारा सारा संसार जान गया है कि भारतवासी निष्प्राण नहीं हुए हैं। वे आज भी अन्याय का प्रतिकार कर सकते हैं।" पर्चे में नीचे लिखा था, "हिन्दुस्तान समाजवादी प्रजातंत्र सेना। चेतावनी-नौकरशाही सावधन।" इस प्रकार इन्होंने क्रांति का बिगुल बजा दिया।

इस घटना से भयंकर हलचल मच गयी। अंग्रेज सरकार वैसे भी क्रांतिकारियों से भयभीत रहती थी। अब शंका के आधार पर गिरफ्तारियां आरंभ हुईं। उनमें से एक युवक ने अन्य लोगों के नाम बता दिये, तब हिन्दुस्तान रिपब्लिकन एसोसिएशन के अनेक सदस्यों को गिरफ्तार किया गया और बाकी सदस्य भिन्न-भिन्न स्थानों पर चले गये। एक दिन आजाद इलाहाबाद के अल्फ्रेड पार्क में सुखदेव से बात कर रहे थे। उसी समय एक देशद्रोही ने पुलिस को

खबर दे दी। पुलिस ने पार्क को चारों ओर से घेर लिया। आजाद ने अपने साथी को पार्क से सुरक्षित बाहर निकाल दिया और फिर अकेले ही पुलिस की गोलियों का सामना करने के लिए तैयार हो गया। एक वृक्ष की आड़ से आजाद ने पुलिस पर गोलियां दागनी शुरू कीं। आजाद ने पुलिस के अनेक सिपाहियों को धराशायी किया, जबकि आजाद को चार गोलियां लग चुकी थी। पुलिस उन्हें जिंदा पकड़ना चाहती थी, लेकिन आजाद ने प्रतिज्ञा की थी कि वे कभी पुलिस की पकड़ में नहीं आयेंगे। जब आजाद के पास अंतिम गोली बची तो उन्होंने अपनी प्रतिज्ञा पूरी करने के लिए वह गोली पुलिस पर न चलाकर खुद अपनी कनपटी पर मार ली और इस प्रकार 27 फरवरी 1931 को प्रातः साढ़े दस बजे भारत माता के इस महान सपूत ने अपने प्राणों का बलिदान दे दिया। अल्फ्रेड पार्क को आज आजाद पार्क के नाम से संबोधित किया जाता है।

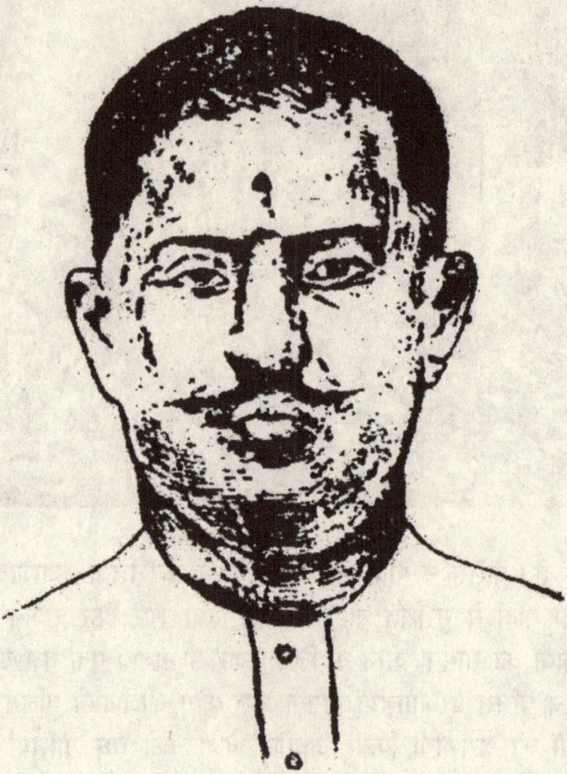

महान क्रांतिकारी

रामप्रसाद बिस्मिल

वह समय नवजागरण का था। देश में लोगों ने अंग्रेजों ने विरुद्ध आंदोलन आरंभ किये हुए थे। गांव-गांव में जागरण आ गया था। रामप्रसाद स्कूल जाते समय जब वंदे मातरम् के नारे लगाते हुए जुलूसों को देखता तो उसके मन में अनेक प्रश्न उठते थे। एक दिन उन्होंने अपने अध्यापक से पूछा, "गुरुजी! बाहर लोग क्या नारे लगा रहे हैं और क्यों?"

अध्यापक ने उसे समझाया, "देखो! यदि कोई तुम्हारी क्लास की कुर्सी उठाकर ले जाने लगे, तो तुम क्या करोगे?"

"हम सब उसे कहेंगे कि यह हमारी क्लास की कुर्सी है, इसे मत ले जाओ।"

"इस पर भी वह न माना तो?"

"तब हम सब मिलकर उसे रोकेंगे और अपनी कुर्सी छीन लेंगे।"

"बाहर जुलूस निकालने वाले लोग भी वही काम कर रहे हैं। अंग्रेज हमारे देश पर जबरदस्ती से अधिकार जमा रहे हैं और हमारे पावन देश की धन-दौलत अपने देश में भेज रहे हैं। इसलिए ये लोग नारे लगाकर विरोध कर रहे हैं कि यह देश हमारा है और यहां की प्रत्येक वस्तु हमारी है। हम विदेशी को अपने देश पर अधिकार जमाने नहीं देंगे।"

उसी समय बालक रामप्रसाद के मुख से निकला, "मैं भी देश के लिए कुछ करूंगा।"

उसी समय से उसके मन में देशभक्ति के बीज का रोपण हुआ। पंडित रामप्रसाद बिस्मिल का जन्म शाहजहांपुर में एक ब्राह्मण परिवार में हुआ था। पिता पंडित मुरलीधर स्कूल में अध्यापन का कार्य करते थे। बचपन में ही उसका मन पढ़ाई से उचटने लगा। दिन-रात अपने देश के बारे में ही सोचने लगा। उन दिनों आर्य समाज राष्ट्र सेवा करने में सबसे अग्रणी संस्था मानी जाती थी। रामप्रसाद भी आर्य समाज मंदिर में जाने लगे। उनके माता-पिता पौराणिक भाव के थे, जब उन्हें पता लगा कि उनका पुत्र आर्य समाजी हो गया है तो वे थोड़े दुःखी हुए, किंतु माता-पिता दोनों ने पुत्र के देशप्रेम को

देखकर अपनी धार्मिक भावनाएं दबाते हुए उसे राष्ट्रसेवा करने की अनुमति दे दी। उस दौरान हिंदू-मुस्लिम मिलकर रहते थे। आजादी की लड़ाई भी मिलकर लड़ते थे। रामप्रसाद अच्छी कविताएं लिखते थे। 'सरफरोशी की तमन्ना अब हमारे दिल में है' और 'मेरा रंग से बसन्ती चोला' नामक रचनाएं तो देशभर के क्रांतिकारी गाकर देशभक्ति के रस में सराबोर हो जाते थे। उनकी देशभक्तिपूर्ण कविताओं को पढ़कर ही अशफाक उनके साथ काम करने के लिए आया। रामप्रसाद जात-पात का भेदभाव नहीं रखते थे। वे अपने हिंदू भाइयों से कहते थे, "आप लोग हाथ आगे बढ़ाओ, हमारे मुसलमान भाई भी स्वयं आगे आएंगे।"

किसी ने शंका व्यक्त की, "यदि नहीं आये तो?"

"आप लोग हाथ तो बढ़ाकर देखो।"

और इस प्रकार रामप्रसाद बिस्मिल और अशफाक उल्ला खां के सतत् प्रयासों से हिन्दू-मुस्लिम एकता कायम हो गयी।

रामप्रसाद बिस्मिल ने देशभर में क्रांतिकारियों को संगठित कर राष्ट्र को स्वतंत्र कराने की योजना बनाई। उन्होंने महान क्रांतिकारी गेंदालाल दीक्षित के साथ भी काम किया और बाद में चन्द्रशेखर आजाद जैसे अनेक महान क्रांतिकारियों का नेतृत्व अपने हाथ में संभाल लिया। युद्ध सामग्री जुटाने के लिए धन की आवश्यकता थी, खुशी से कोई धन नहीं देगा इसलिए किसी रईस की तिजोरी पर हाथ साफ करने की योजना बनाई। पहला हमला बिचपुरी पर हुआ।

उन्हें केवल सात हजार रुपये मिले। उसके बाद सरकारी पोस्ट आफिस और रेलवे स्टेशनों से रुपया एकत्र कर जो ट्रेन ले जाती थी, उसे लूटने की योजना बनाई गयी। इसके लिए उन्होंने छेनी, हथौड़ी, घन आदि औजार और हथियार आदि प्राप्त किये।

अशफाक उल्ला, राजेंद्र लाहिडी, शचींद्र बख्शी आदि दस व्यक्ति इस काम के लिए चुने गये। और फिर योजनागत तरीके से काकोरी स्टेशन पर चेन खींचकर ट्रेन रोक दी। दस मिनट में सब काम हो गया। वे लोग खजाने की पोटलियां लेकर झाड़ी में अदृश्य हो गये। इस डकैती से सारे ब्रिटिश साम्राज्य में तहलका मच गया। चालीस से अधिक लोग गिरफ्तार

किये गये। रामप्रसाद बिस्मिल को एक देशद्रोही ने रुपये के लालच में धोखे से गिरफ्तार करवा दिया।

18 महीनों तक मुकदमा चला, जिस पर ब्रिटिश सरकार ने 25 लाख रुपये से अधिक खर्च किया। बनवारी लाल इकबाली सरकारी गवाह बन गया। चालीस में से कुछ लोगों को छोड़ने के बाद 24 व्यक्ति अभियुक्त के रूप में जेल में बंद रहे। मुकदमे के फैसले के बाद पं. रामप्रसाद बिस्मिल, राजेंद्र लाहिडी, अशफाक और ठाकुर रोशन सिंह को फांसी की सजा हुई। शचीन्द्रनाथ सान्याल को काला पानी की सजा तथा मन्मथनाथ को 14 साल की सजा मिली। योगेश चंद्र चटर्जी, मुकुंदीलाल आदि को दस-दस साल की सजा सुनाई गयी। फांसी के बाद अन्त्येष्टि होने पर रामप्रसाद की भस्मी को उनके एक मित्र ने जीवनभर अपने पास इसलिए रखा, ताकि उनका कोई स्मारक बनाया जा सके। लेकिन देश का दुर्भाग्य आजादी मिलने की आधी सदी गुजरने के बाद तक भी उनका कोई स्मारक बन नहीं सका। हां! जिस काल कोठरी में उन्हें रखा गया था या जिस स्थल पर उन्हें फांसी दी गयी थी, वहां पर कुछ लोग वर्ष में एक बार हवन करके अपने श्रद्धासुमन अवश्य अर्पित करते हैं।

महान क्रांतिकारी

सरदार भगत सिंह

एक दिन एक बालक पिता के साथ खेत गये। उन्होंने पिताजी से पूछा, "पिताजी आप क्या बो रहे हैं?"

"मैं गन्ना बो रहा हूं।"

"आप बंदूकें और बम के गोले क्यों नहीं बोते?"

"क्यों?"

"ताकि सब भारतीय बंदूक और बम की मदद से अंग्रेजों को भगा सकें।"

बंदूकें बोने की बात करने वाला यह बालक था भगत सिंह। भगत सिंह को बचपन में तलवार और बंदूकों का खेल खेलना बहुत ही पसंद था।

सरदार भगत सिंह का पूरा परिवार ही देश के लिए समर्पित था। साथ-ही-साथ यह पूर्णरूपेण सात्विक व महान् राष्ट्रवादी संस्था आर्य समाज के रंग में भी रंगा हुआ था। सुप्रसिद्ध गीत 'पगड़ी संभाल हो जट्टा' इसी परिवार की देन है, जो अनेक स्वतंत्रता सेनानियों के लिए प्रेरणास्रोत रहा है। सरदार अर्जुन सिंह के तीन पुत्र थे। किशन सिंह, अजीत सिंह और स्वर्ण सिंह। ये तीनों परम् देशभक्त थे। किशन सिंह का अधिकांश जीवन जेल की काल कोठरी में ही बीता। अजीत सिंह देश के लिए लड़ते-लड़ते यह संसार छोड़कर चले गये और स्वर्ण सिंह जेल में ही क्षयग्रस्त होकर स्वर्गवासी हो गये।

सरदार भगत सिंह किशन सिंह के पुत्र थे। इनका जन्म लायलपुर के बंगा नामक गांव में हुआ। उसी दिन सरदार किशन सिंह नेपाल से लौट आये थे। अतः दादी ने अपने पोते को बड़ा भागों वाला समझकर भगत सिंह नाम दिया था।

जैसा कि सभी जानते हैं कि उन दिनों सभी प्रदेशों में क्रांतिकारी वातावरण व्याप्त था, फिर बालक भी उससे अछूते कैसे रह सकते थे। वे तो कोल्हू की तरह अंग्रेजों का रक्त निकालना चाहते थे।

स्कूल की पढ़ाई समाप्त होने के बाद उन्होंने नेशनल कॉलेज में प्रवेश लिया। वहां उनका परिचय सुखदेव, भगवती चरण, यशपाल आदि से हुआ।

उन दिनों नेशनल कॉलेज के हैडमास्टर थे गुरुदत्त, जो बाद में प्रख्यात उपन्यासकार हुए।

एक दिन कॉलेज की छुट्टी के बाद गुरुदत्त घर जा रहे थे कि उनके शिष्य भगत सिंह व सुखदेव भी उनके पीछे-पीछे चल दिये।

कुछ दूर तक साथ चलने के बाद भगत सिंह ने कहा, "मास्टर जी हम भी आपके साथ चल रहे हैं?"

"वह तो देख रहा हूं, कुछ काम है?" गुरुदत्त ने पूछा।

"जी हम गांधी द्वारा फैलाई भ्रांतियों को जनमानस से मिटाने के लिए एक सभा बनाना चाहते हैं।"

"सभा का क्या नाम रखोगे?"

"यह अभी विचाराधीन है।"

"गांधीजी की किस भ्रांति को मिटाने का यत्न करना चाहते हैं?"

"सर्वत्र सदा अहिंसा।"

"यह तो नकारात्मक काम हुआ, कुछ सकारात्मक काम होना चाहिए।"

"उसी के लिए तो आपसे राय ले रहे हैं।"

"सड़क पर चलते-चलते?"

"नहीं किसी सुरक्षित स्थान पर चलेंगे।"

और फिर गुरुदत्त ने भगत सिंह की भेंट केदारनाथ सहगल से करवाई, जो बम्ब बनाना जानता था। भेंट करवाते समय गुरुदत्त ने भगत सिंह से कहा, "गुरु दक्षिणा नहीं दोगे पार्थ?"

"कहिये मास्टरजी क्या देना होगा?"

"बम का इस्तेमाल कभी किसी निर्दोष की हत्या के लिए नहीं करोगे।"

"ऐसा ही होगा मास्टर जी।"

और फिर गुरु का आशीर्वाद प्राप्त होते ही भगत सिंह क्रांतिकारी गतिविधियों में शामिल हो गये।

एक बार भगत सिंह की माता जी ने कहा, "भगत बेटे आज कहीं बाहर नहीं जाना।"

"जी! मगर क्यों?"

"आज लड़की वाले तुम्हें देखने के लिए आ रहे हैं।"

"मन्नै ना करवाणी शादी-वादी। मैं पराधीन भारत में गुलाम बच्चे पैदा नहीं करणा चाहता।"

और फिर विवाह के डर से वे घर छोड़कर भाग गये। बाद में वे दिल्ली में दैनिक वीर अर्जुन में काम करने चले गये। भगतसिंह ने देश की आजादी के लिए जिस साहस के साथ शक्तिशाली ब्रिटिश सरकार का मुकाबला किया, वह आज के युवकों के लिए एक बहुत बड़ा आदर्श है। इन्होंने केन्द्रीय संसद (सेण्ट्रल असेम्बली) में बम फेंककर भी भागने से मना कर दिया। जिसके फलस्वरूप इन्हें 23 मार्च, 1931 को इनके दो अन्य साथियों, राजगुरु तथा सुखदेव के साथ फांसी पर लटका दिया गया।

महान क्रांतिकारी

नेताजी सुभाषचंद्र बोस

अध्यापक वेणीमाधव जी से एक दिन उसके सबसे योग्य शिष्य ने पूछा, "सर गुलाम शब्द का क्या अर्थ है?"

"जो लोग अपनी आत्मा की आवाज नहीं सुनते, जो चाहकर भी कुछ काम नहीं कर सकते और अन्याय-अत्याचार को चुपचाप सह लेते हैं, उन्हें गुलाम कहा जाता है।"

"ओह! यह बात है," फिर उस बालक ने अपने अध्यापक से कहा, "लेकिन मैं अन्याय को चुपचाप सहन नहीं करूंगा?"

"क्या करोगे तुम!"

"मैं अत्याचारियों को देश से मार भगा दूंगा।"

अत्याचारियों को मार भगाने की बात करने वाला यह बालक था सुभाष। जो बाद में नेताजी के नाम से प्रसिद्ध हुए।

एक बार कक्षा में अध्यापक ने पूछा, "भारत जैसा गौरवशाली देश किस कारण गुलाम हुआ?"

सुभाष बाबू का उत्तर था, "बंगाली लोगों के कारण।"

प्रधानाध्यापक उनके उत्तर से बड़े प्रभावित हुए।

नेताजी सुभाषचंद्र बोस के व्यक्तित्व एवं कृतित्व को देखकर लगता है कि स्वामी विवेकानंद ही सुभाष बाबू के रूप में हमारे राष्ट्रीय गगन में अपनी पूर्ण प्रभा के साथ उदित हो गये हैं।

सुभाष बाबू का जन्म 23 जनवरी सन् 1897 ई. में बंगाल के चौबीस परगना जिले के कोंडोलिया नामक गांव में हुआ। पिता का नाम जानकीनाथ बोस था, जो उड़ीसा की राजधानी कटक में सरकारी वकील थे। सुभाष बाबू बचपन से परोपकारी व साहसी थे। प्रत्येक बात को तर्क से समझने के बाद ही उसे स्वीकार करते थे। स्कूल के प्रांगण में प्रतिदिन सब विद्यार्थी एकत्र होकर प्रार्थना करते थे।

एक छात्र पहले बोलता था और बाद में सभी उसे दोहराते थे। एक दिन सुभाष बाबू की बारी आयी प्रार्थना बोलने की, लेकिन वे चुप। प्रार्थना नहीं

गा रहे थे। उनके ड्रील सर ने क्रोध से कहा, "बोलते क्यों नहीं? आज तुम्हारी ही बारी है, प्रार्थना बोलो।"

सुभाष बाबू ने कहा, "मुझे नहीं बोलनी महारानी की प्रार्थना।"

"क्यों नहीं बोलनी है?" ड्रील शिक्षक श्रीवास्तव ने पूछा।

"इंग्लैंड की रानी क्या लगती है मेरी? क्या वह धर्म गुरु या साध्वी है? या कोई समाज सेविका है? किसलिए मैं उनका गुणगान करूं?"

सुभाष बाबू के तर्क से श्रीवास्तव का चेहरा गुस्से से लाल हो गया और उन्होंने फिर ज्ञानदेई उठाकर सुभाष बाबू की खूब पिटाई की।

सुभाष बाबू का परिवार विद्याव्यसनी था। घर में तथा स्कूल में सुभाष बाबू अपने मन की शंकाओं का समाधान पाने के लिए सदैव प्रश्न किया करते और उनकी शंकाओं का समाधान भी हो जाया करता था। ऐसे वातावरण में आपने मैट्रिक की परीक्षा उत्तीर्ण की। वे सन् 1913 में कलकत्ता के 'प्रेसीडेंसी कॉलेज' में भरती हुए। वहां एफए करने के बाद सन् 1919 में 'स्कॉटिश चर्च कॉलेज' से दर्शनशास्त्र में सर्वोच्च स्थान प्राप्त करते हुए गौरव सहित बी.ए. की उपाधि प्राप्त की। इसके पश्चात पिताश्री की आज्ञा तथा उनकी तीव्र इच्छा को ध्यान में रखते हुए आपने विलायत जाकर आईसीएस की उपाधि ससम्मान प्राप्त की। साथ ही ट्राई पास कोर्स लेकर केम्ब्रिज के ग्रेजुएट बन जाने का गौरव भी प्राप्त किया।

सुभाष बाबू अंतर्बाह्य दोनों सद्गुणों से ओतप्रोत थे। बाह्य शिक्षा प्राप्त करने के बाद उन्हें लगा कि कुछ आध्यात्मिक ज्ञान भी प्राप्त करें। अतः सब मोहमाया छोड़कर वे तीर्थ स्थलों के दर्शन और योग्य गुरु की तलाश में घर से निकल पड़े। अपनी अंतर्आत्मा की प्यास बुझाने के लिए वे काशी, वृंदावन, हरिद्वार आदि तीर्थों का तथा मंदिर-मठों का भ्रमण करते हुए हिमालय की गिरी कंदराओं के एकांत में योग्य गुरु की खोज करते हुए काफी दिनों तक भटकते रहे। लेकिन उनका जन्म साधु-संत बनने के लिए नहीं, बल्कि मां भारती की गुलामी की जंजीर तोड़ने के लिए हुआ था। सुभाष बाबू के बाल्य जीवन की एक और घटना उल्लेखनीय है।

प्रेसीडेंसी कॉलेज में ओटन नामक एक दुष्ट गोरा प्रोफेसर भारतीय विद्यार्थियों के साथ बहुत अपमानजनक व्यवहार करता था। सुभाष बाबू के

स्वाभिमानी स्वभाव को यह बर्दाश्त नहीं हुआ और उन्होंने इसके विरोध में एक हड़ताल करवायी, जिसके परिणामस्वरूप आपको अपने अध्ययन काल के दो मूल्यवान वर्ष गंवाने पड़े। उन्हें कॉलेज से दो वर्ष के लिए निष्कासित किया गया। सुभाष बाबू का बचपन धार्मिक वातावरण में बीता। घर में पूर्ण भारतीय संस्कारों के अनुसार उनका पालन पोषण हुआ। उनका जीवन अपने पूर्वजों के महान् चरित्र, पौराणिक कथाओं की शिक्षाओं आदि से परिपूर्ण था। उन्हें अपने धर्म, अपनी संस्कृति तथा अपने गौरवशाली राष्ट्र पर गर्व था। इसलिए गुलामी का जीवन उन्हें बचपन से अच्छा नहीं लगता था। उनके बालपन में विद्रोही भाव उठते थे।

धीरे-धीरे यह भाव बढ़ने लगा। वे स्वयं अपनी आंखों से अंग्रेजों का अन्याय व अत्याचार देखते तो उनका खून जोश मारने लगता। बंग-भंग के समय उनका यह भाव स्पष्ट रूप से सामने आया और क्रियान्वित हुआ। गुलाम बनी, परतंत्रता से जकड़ी मातृभूमि को स्वतंत्र करना यह एक ही उनके जीवन का लक्ष्य बन गया। वे मातृभूमि की दुर्दशा से आहत भी थे और क्रोधित भी। आध्यात्मिक ज्ञान प्राप्त करने के कारण वे बड़े सूझ-बूझ के साथ इस प्रयास में लग गये। उन्होंने पहला काम यह किया कि आईसीएस परीक्षा उत्तीर्ण करने के बाद कुछ ही दिनों में ऐशो आराम की गुलामी की नौकरी से त्याग पत्र दे दिया और देशसेवा का विशेषतः मातृभूमि को परतंत्रता से मुक्त कराने का प्रण लिया। कालांतर में उन्होंने आजाद हिंद फौज का गठन किया और चल पड़े थे देश को आजाद कराने के लिए।

महान समाज सुधारक

कबीरदास

"मां तुम उदास क्यों हो?" एक पांच वर्ष के बालक ने अपनी मां से पूछा।

"बेटा मैं इसलिए उदास हूं कि मैं तुझे पढ़ाना चाहती थी, लेकिन स्वामी रामानंद ने तुम्हें शिक्षा देने से मना कर दिया।"

"उन्होंने ऐसा क्यों किया मां?"

"क्योंकि हम छोटी जात के हैं और बड़े लोग छोटी जात वालों से घृणा करते हैं।"

"यह जात क्या होती है मां।"

"बेटा अब तुम्हें कैसे समझाऊं, जिस कुल में तुम्हारे पिता ने जन्म लिया है, वह कुल निम्न है।"

"क्या ये निम्न और उच्च कुल भगवान के बनाए हुए हैं।"

"नहीं!"

"तो फिर तुम चिंता मत करो, मैं स्वामी रामानंद का ही शिष्य बनूंगा और उन्हीं से दीक्षा लूंगा। तुम्हारी इच्छा अवश्य पूरी करूंगा।" यह बालक था कबीर। कबीर के माता-पिता उसे रामानंद से शिक्षा दिलाना चाहते थे, लेकिन एक मुसलमान को रामानंद ने पढ़ाने से इनकार कर दिया। यह बात बालक कबीर को अच्छी नहीं लगी, इसलिए उसने रामानंद को ही गुरु बनाने की ठान ली।

कबीर सुबह-सुबह अंधेरे में पंचगंगा घाट की पौड़ियों के ऊपर लेट गए, जहां पर स्वामी रामानंद जी प्रतिदिन स्नानार्थ जाया करते थे। रामानंद चारों वेदों के ज्ञाता और पवित्र गीता के विद्वान माने जाते थे। स्वामी रामानंद की आयु 104 वर्ष की हो चुकी थी। काशी में जो पाखण्ड पूजा दूसरे पंडितों ने चला रखी थी वह बंद करवा दी थी। रामानंद जी शास्त्र अनुकूल साधना बताया करते थे और पूरी काशी में अपने बावन दरबार लगाया करते थे। रामानंद पवित्र वेदों के आधार पर विधिवत् साधन बताते थे। ओम् और राम नाम के जाप का उपदेश देते थे।

उस दिन भी जब स्नान करने के लिए पंचगंगा घाट गए तो पौड़ियों पर

कबीर लेटे हुए थे। सुबह ब्रह्ममुहूर्त के अंधेरे में स्वामी रामानंद को कबीर दिखाई नहीं दिए। कबीर के सिर में रामानंद जी के पैर की खड़ाऊं लग गई। कबीर ने रोना शुरू कर दिया। रामानंद तेजी से झुके और देखा कि कहीं बालक को चोट तो नहीं लग गई तथा प्यार से उठाया। उसी समय रामानंद के गले की कण्ठी (माला) निकल कर कबीर के गले में डल गई। रामानंद ने कहा, "बेटा राम-राम बोलो।"

"राम-राम बोलने से क्या होता है।" बालक कबीर ने रामानंद से पूछा था।

"राम के नाम से दुःख दूर हो जाते हैं, पुत्र राम-राम बोलो।" कबीर के सिर पर हाथ रखा था रामानंद ने।

"क्या ज्ञान से दुःख दूर नहीं होते? मां ने बताया था कि पढ़-लिखकर बड़ा आदमी बनने से दुःख दूर हो जाते हैं...लेकिन आप कहते हैं कि राम-नाम से दुःख दूर होते हैं...मैं कुछ समझा नहीं गुरुवर।"

"बेटा जिस पर प्रभु श्री राम की कृपा हो जाती है", रामानंद ने कबीर से आगे कहा, "उसे तो सारी विद्या बिना पढ़े ही आ जाती है।"

"अच्छा!"

बालक विचार मग्न सा हो गया और रामानंद स्नान करने के लिए आगे बढ़ गए और सोचा कि बच्चे को आश्रम में ले चलूंगा, जिसका होगा उसके पास भिजवा दूंगा। रामानंद ने स्नान करके देखा तो बच्चा वहां पर नहीं है। कबीर को साधना के लिए राम नाम मिल गया था। कबीरदास हर समय अपने इसी इष्टदेव श्रीराम के पावन नाम का चिंतन किया करते थे। भक्तजनों को उपदेश देते हुए वह अक्सर कहते कि जो व्यक्ति सत्य और सदाचार का पालन करते हुए भगवान के नाम का स्मरण करता है, उसे कभी पाप और नरक से भयभीत नहीं होना चाहिए। कबीरदास ने अपनी साखियों में ग़रीबों, असहायों और अपाहिजों के प्रति दया भाव और करुणा रखने तथा कर्मकांडों और आडंबरों से दूर रहने की प्रेरणा दी।

एक दिन की बात है। स्वामी रामानंद का कोई शिष्य कहीं पर सत्संग कर रहा था। कबीर वहां पर चले गए। वह ऋषि श्री विष्णु पुराण की कथा

सुना रहा था। वह कह रहा था कि भगवान विष्णु जी सारी सृष्टि के रचनहार हैं, यही पालनकर्ता हैं, यही राम और कृष्ण रूप में अवतार आने वाली परम शक्ति हैं, अजन्मा हैं, श्री विष्णु जी के कोई माता-पिता नहीं हैं। कबीर ने यह सारी चर्चा सुनी। सत्संग के उपरान्त कबीर ने कहा –

"ऋषिवर क्या मैं एक प्रश्न पूछ सकता हूं?"

"हां बेटा! पूछो।" वहां सैकड़ों की संख्या में भक्तजन उपस्थित थे।

"आप विष्णु पुराण से सत्संग सुना रहे थे कि श्री विष्णु जी परमशक्ति हैं, इन्हीं से ब्रह्मा और शिव की उत्पत्ति हुई है।"

"मैं जो सुनाता हूं, विष्णु पुराण में ऐसा ही लिखा हुआ है।"

"ऋषिवर मैंने तो आपसे संशय निवारण के लिए प्रार्थना की है आप क्षुब्ध मत होईये। एक दिन मैंने शिव पुराण सुना था। उसमें वह महापुरुष सुना रहे थे कि भगवान शिव से विष्णु और ब्रह्मा की उत्पत्ति हुई है। देवी भागवत के तीसरे स्कंद में लिखा है कि देवी इन तीनों ब्रह्म-विष्णु-शिव की मां है। ये तीनों नाशवान हैं, अविनाशी नहीं हैं।"

ऋषिवर निरुत्तर हो गए, परन्तु क्रोधित होकर बोले, "तू कौन है? किसका पुत्र है?"

''यह तो नीरू जुलाहे का पुत्र है।'' कबीर से पहले ही दूसरे भक्तजन बताने लगे।

''तूने गले में यह कण्ठी कैसे डाल रखी है? विष्णु व साधु तुलसी का एक मणिये की माला गले में डालते हैं, इससे यह प्रमाणित होता है कि तुमने विष्णु परंपरा से उपदेश ले रखा है, बता तेरा गुरुदेव कौन है?" स्वामी रामानंद के शिष्य ने पूछा।

"मेरे गुरुदेव वही हैं, जो आपके गुरुदेव हैं।" कबीर ने बताया।

वह ऋषि बहुत क्रोधित हो गया तथा बोला, "रे नादान! तू अछूत जुलाहे का बच्चा और मेरे गुरुदेव को अपना गुरुदेव बताता है। मेरे गुरुदेव का पता है कौन हैं? श्री श्री 1008 पंडित रामानंद जी आचार्य। तू जुलाहे का बालक, वे तो तेरे जैसे अछूतों के दर्शन भी नहीं करते और तू कह रहा है कि मैंने उनसे नाम लिया है। देख लो भाई भक्तजनों यह झूठा, कपटी है। अभी गुरुदेव के पास जाऊंगा और उनको तेरी सारी कहानी बताऊंगा। तू छोटी जाति का बच्चा

हमारे गुरुदेव की बेइज्जती करता है।"

"ठीक है गुरुदेव जी को बताओ।" कबीर ने कहा।

उस ऋषि ने जाकर रामानंद को बताया कि गुरुदेव जुलाहे जाति का एक लड़का है। उसने तो हमारी नाक काट दी। वह कहता है कि स्वामी रामानंद जी मेरे गुरुदेव हैं। हे भगवन्! हमारा तो बाहर निकलना दूभर हो गया। स्वामी रामानंद ने अपने शिष्य से कहा –

"कल सुबह उसको बुला कर लाओ। कल देखना तुम्हारे सामने मैं उसको कितना दण्ड दूंगा।"

अगले दिन सुबह-सुबह कबीर को दस नादान व्यक्तियों ने पकड़ कर रामानंद के सामने उपस्थित कर दिया। रामानंद ने यह दिखाने के लिए कि मैं कभी छोटी जाति वालों के दर्शन भी नहीं करता, यह झूठ बोल रहा था कि इसने मेरे से दीक्षा ली है, आगे पर्दा लगा लिया। रामानंद ने पर्दे के पीछे से पूछा कि तू कौन है और तेरी क्या जाति है? तेरा कौन सा पंथ है, अर्थात् किस परमात्मा की पूजा करता है?

कबीर ने कहा –

"जाति हमारी जगतगुरु, परमेश्वर पद पंथ।
दास ग़रीब लिखति परै, नाम निरंजन कंत॥

यदि मेरी जाति पूछ रहे हो तो मैं जगतगुरु हूं।"

''ओह! तो तुम जगतगुरु हो?'' उसने हास्य के साथ आगे कहा, ''तो तेरा पंथ क्या है?''

कबीर ने कहा, "मेरा परमेश्वर पंथ है। मैं असली भगवान का ज्ञान कराने के लिए ही इस दुनिया में आया हूं।"

"कल का छोकरा, तू परमेश्वर का ज्ञान कराएगा। जिसे बड़े-बड़े ऋषि-महात्मा भी नहीं पा सके, उसे तू बताएगा।" स्वामी रामानंद बहुत क्षुब्ध हुए तथा कहा, "रे निकम्मे! तू छोटी जाति का और छोटा मुंह बड़ी बात। तू अपने आप भगवान बन बैठा।"

"हे गुरुदेव! आप मेरे गुरुजी हैं। आप मुझे गाली भी दें तो भी मुझे आनन्द आएगा। लेकिन मैं जो आपको कह रहा हूं, मैं ज्यों का त्यों पूर्णब्रह्म ही हूं, इसमें कोई संशय नहीं है। अहम् ब्रह्मास्मि...मैं ईश्वर का ही अंश हूं और सभी मनुष्य उसी ईश्वर के ही अंश हैं, इसलिए न कोई नीच है और न ही कोई उच्च होता है।"

"ठहर जा तेरी लम्बी कहानी बनेगी, तू ऐसे नहीं मानेगा। मैं पहले अपनी पूजा कर लेता हूं।" रामानंद ने आगे कहा, "इसको बैठाओ मैं पहले अपनी कुछ क्रिया रहती है वह कर लेता हूं, बाद में इससे निपटूंगा।"

स्वामी रामानंद जी भगवान विष्णु जी की एक मूर्ति बनाते थे। फिर स्वच्छ कपड़े भगवान ठाकुर को पहना कर गले में माला डालकर, तिलक लगाकर मुकुट रख देते थे। रामानंद जी ने भगवान की कलात्मक मूर्ति बनाई। श्रद्धा से जैसे नंगे पैरों जाकर अपने आप ही गंगा जल लाए हों, ऐसी अपनी भावना बनाकर ठाकुर जी को स्नान करवाया तथा नए वस्त्र पहना दिए। तिलक लगा दिया, मुकुट रख दिया और कण्ठी (माला) डालनी भूल गए। यदि कण्ठी न डालें तो पूजा अधूरी और मुकुट रख दिया, तो पुनः उसे उतारा नहीं जा सकता। यदि उसी दिन मुकुट उतार दें, तो पूजा खण्डित मानी जाती है। स्वामी रामानंद जी अपने आप को कोस रहे थे कि इतना जीवन हो गया मेरा, कभी भी ऐसी गलती जीवन में नहीं बनी थी।

प्रभु आज क्या गलती बन गई मुझ पापी से? यदि मुकुट उतारूं तो पूजा खण्डित। उसने सोचा कि चल मुकुट के ऊपर से कण्ठी (माला) डाल कर देखता हूं। मुकुट में माला फंस गई आगे नहीं जा रही थी। तब रामानंद जी ने सोचा अब क्या करूं? हे भगवन्! आज तो मेरा सारा दिन व्यर्थ गया। आज की मेरी भक्ति कमाई व्यर्थ गई। इतने में कबीर ने कहा, "स्वामी जी माला

की घुण्डी खोलो और गले में डाल दो। फिर गांठ लगा दो, मुकुट उतारना नहीं पड़ेगा।"

अब रामानंद जी काहे के मुकुट उतारे था, काहे की गांठ खोले था। कुटिया के सामने लगा पर्दा भी स्वामी रामानंद ने अपने हाथ से उतार कर फेंक दिया और सारे ब्राह्मण समाज के सामने कबीर को सीने से लगा लिया।

रामानंद ने कहा, "कबीर! आपका तो इतना कोमल शरीर है जैसे रूई हो और मेरा तो पत्थर जैसा शरीर है। एक तरफ तो प्रभु के प्रतिनिधि खड़े हैं और दूसरी तरफ जाति व धर्म की दीवार है। प्रभु चाहने वाली पुण्यात्माएं धर्म की बनावटी दीवार को तोड़ना श्रेयकर समझती हैं, मुझे यह भली-भांति समझ में आ गया।"

आगे चलकर कबीर एक महान संत बने। सतलोक आश्रम बरवाला द्वारा प्रकाशित 'ज्ञान गंगा' पुस्तक में कबीर के जीवन पर व्यापक प्रकाश डाला गया है। कबीर सन्त कवि और समाज सुधारक थे। भारत में धर्म, भाषा या संस्कृति किसी की भी चर्चा बिना कबीर की चर्चा के अधूरी ही रहेगी। मगहर में कबीर की समाधि है, जिसे हिन्दू और मुसलमान दोनों पूजते हैं।

महान समाज सुधारक

स्वामी दयानंद सरस्वती

अमावस्या की रात थी। घोर अंधकार में सारा संसार सोया पड़ा था। लेकिन एक जिज्ञासु मथुरा की गलियों में स्वामी विरजानंद की कुटिया तलाशता फिर रहा था। आखिरकार रात्रि में पहरा दे रहे नगर रक्षकों से स्वामी दयानन्द ने स्वामी विरजानंद की कुटिया का पता पूछ जैसे ही बाहर से दरवाजा खटखटाया, तो अंदर से आवाज आयी, ''कौन?''

''यदि यह पता होता, मैं कौन हूं, तो आपका दरवाजा ही क्यों खटखटाता?'' जिज्ञासु दयानन्द ने उत्तर दिया।

''आह! लगता है तुम कोई सत्य के अन्वेषक और आर्ष ज्ञान के प्यासे हो।'' कहकर विरजानंद ने कुटिया का दरवाजा खोल दिया।

स्वामी दयानन्द ने दरवाजा खोलने वाले प्रज्ञाचक्षु के चरण स्पर्श करते हुए कहा, ''मुझे अपने चरणों में स्थान दें गुरुवर।''

''आपका स्थान चरणों में नहीं, मेरे हृदय में है।'' विरजानंद ने उसे हृदय से लगाते हुए कहा।

विरजानंद दण्डी ने फिर स्वामी दयानन्द से पूछा, ''क्या पढ़े हो?'' दयानन्द ने पुस्तकों के नाम कह सुनाए।

दण्डी जी ने फिर पूछा, ''क्या ये पुस्तकें पास में हैं?''

'हां' कहने के साथ ही आज्ञा मिली, ''इन सबको यमुना में डाल दो।''

दयानन्द ने मन में सोचा, 'जिन पुस्तकों के लिए सारे देश की खाक छान मारी क्या वे व्यर्थ हैं? यदि व्यर्थ हैं तो इन्हें यमुना में डालने में ही भलाई है, लेकिन यदि इनमें कुछ ज्ञान छिपा है तो फिर? इसलिए क्या कहीं छिपा दूं!'

'परन्तु गुरु पाना सहज नहीं। पहली ही आज्ञा तोड़ी, तो फिर ज्ञान कैसे मिलेगा? गुरु बिना तो ज्ञान संभव नहीं। गुरु पद तो ईश्वर से भी महान होता है। इसलिए गुरु की आज्ञा मानने में ही भलाई है।'

इस प्रकार गुरु की आज्ञा मानकर दयानन्द ने अपने समस्त ग्रंथ यमुना मैया में प्रवाहित कर दिए। और इस प्रकार स्वामी दयानन्द गुरु के चरणों में बैठकर आर्ष ज्ञान प्राप्त करने लगे।

पास ही एक मंदिर की एक तंग कुठरिया में उन्होंने आवास स्थल बनाया और मंदिर में चढ़ाए जाने वाले चने-गुड़ को खाकर पेट की भूख की आग शांत कर लिया करते थे। अंत में एक धनी आदमी को उन पर दया आ गई, तो उन्होंने उसके भोजन का प्रबन्ध कर दिया।

गुरु जी की कुटी में झाडू स्वामी दयानन्द ही दिया करते थे। एक दिन झाडू देकर कूड़ा एक ओर रख, बाहर फेंकने के लिए टोकरी देख रहे थे कि विरजानन्द की टांग कूड़े पर जा पड़ी। गुरु जी क्रोध में आ गए और उन्होंने दयानन्द को जोर से लात मार दी। दयानन्द कुछ समय पीछे वह टांग दबाने जा बैठे और नम्रता से कहने लगे –

"गुरुवर! मेरा शरीर तो तपस्या से पत्थर हो गया। उसे आपकी लात जैसे लगी ही नहीं। हां! आपकी लात अवश्य दुखती होगी।"

"ठीक कहते हो दयानन्द, पर तुम ऐसी ग़लती करते ही क्यों हो? स्मरण रखो, जहां स्वच्छता है, वहीं ज्ञान प्रकट होता है।"

"क्षमा करें गुरुवर। आगे से ऐसा कदाचित् नहीं होगा।"

इस प्रकार गुरु की सेवा-सुश्रूषा करते हुए स्वामी दयानन्द ने लगभग 3 वर्षों में समस्त आर्ष ग्रंथों का पठन-पाठन कर डाला।

विद्या समाप्त होने पर एक दिन समावर्तन के लिए नियत किया गया। सबने बारी-बारी से गुरु को दक्षिणा दी और उनसे उज्ज्वल भविष्य की कामना का आशीर्वाद लिया। जब दयानन्द की बारी आयी तो वे कुछ लौंग गुरु श्री के चरणों में रखकर बोले, "भगवन! लौंग छोटी चीज़ है, पर और कुछ मिला ही नहीं, कृपया स्वीकार करें!"

"बेटा, मुझे तुमसे गुरु दक्षिणा में कुछ और भी चाहिए।"

"आज्ञा करें गुरुवर!"

"तुम्हें प्रतिज्ञा करनी होगी।"

"कहिए गुरुवर, क्या प्रतिज्ञा करनी होगी?"

"संसार वेदों को भूल गया है, इसलिए "वेदों की ओर लौटो" का संदेश घर-घर पहुंचा दो।"

"मैं वेदों का ज्ञान घर-घर पहुंचाने की प्रतिज्ञा करता हूं गुरुवर।"

"बहुत अच्छा, तुमसे मुझे यही आशा थी।"

इसके बाद गुरु विरजानंद दण्डी ने अपने शिष्य से तीन प्रतिज्ञाएं कराईं –

(1) वैदिक धर्म में प्रविष्ट हुई पौराणिक अनर्गलताओं का विनाश करना होगा।

(2) गौतम बुद्ध से पूर्व के युग की प्राचीन धार्मिक प्रणालियों की पुनः स्थापना करनी होगी।

(3) सत्य का प्रकाश और प्रचार करना ही धर्म है।

दयानन्द ने गुरुदेव से विदा लेते हुए उत्तर भारत में प्रचार कार्य आरम्भ कर दिया, परन्तु परमात्मा के उन दयालु मनुष्यों की परम्परा के विपरीत जो अपने श्रोताओं के नेत्रों के समक्ष स्वर्ग के लुभावने दृश्य उपस्थित करते रहते हैं, गीता के वीर नायक इलियड के हरक्यूलिस जैसे महान् वीर दयानन्द ने अपने एकमात्र सत्य विचार के अतिरिक्त अन्य सभी प्रकार के वेद-विरुद्ध विचारों को चुनौती दी।

वे अपने काम में इतने सफल हुए कि 5 वर्ष के अल्प काल में ही उत्तर भारत की कायापलट हो गई, पर उनके आन्दोलन से धर्म के ठेकेदारों में हलचल मच गई, इसलिए चारों ओर उनके शत्रु बांस के जंगल की तरह उग गये। इसका परिणाम यह हुआ कि धर्म प्रचार के शुरुआती 5 वर्षों में 4 या 5 बार विष द्वारा उनके प्राण लेने की चेष्टा की गई।

स्वामी दयानन्द पर विजय करना असंभव था, क्योंकि वे वैदिक वाङ्मय और संस्कृत के अनुपम भण्डार थे, और उनके ज्ञान की बराबरी कोई न कर पाता था। उनके शब्दों की धधकती हुई आग से उनके विरोधियों का विरोध भस्मसात् हो जाया करता था। वे लोग दयानन्द की तुलना जल के बाढ़ के साथ किया करते थे। शंकराचार्य के बाद दयानन्द जैसा वेदविज्ञ भारत भूमि में उत्पन्न नहीं हुआ। स्वामी दयानन्द सरस्वती के बचपन का नाम मूलशंकर था। उनका जन्म गुजरात प्रान्त के मोरबी के टंकारा नामक ग्राम में सम्वत् 1881 फाल्गुन की दशमी तिथि, दिन शनिवार अर्थात् 12 फरवरी सन् 1825 को श्री करसनजी त्रिवेदी के घर माता यशोदा बाई की कोख से हुआ। श्री करसनजी त्रिवेदी एक प्रतिष्ठित औदीच्य ब्राह्मण थे। करसनजी त्रिवेदी बड़े जमींदार थे। सरकार की ओर से लगान की वसूली करते थे।